玉まつり

深田久弥　『日本百名山』と『津軽の野づら』と

門 玲子
Reiko Kado

幻戯書房

目次

玉まつり

深田久弥『日本百名山』と『津軽の野づら』と

一章 再会

1

「数ならぬ身とな思ひそ、っていう芭蕉の句があるでしょう、下の句がどうしても思い出せないんですけど……」

台所の流し台の上の棚に手を伸ばしていた志げ子さんが、笊《ざる》を手にするとくるりと振りむく。

「玉まつり、でしょう」

即座に返ってきた答えに、ずっと気にかかっていた問題が、拍子抜けするほどあっさりと解決してしまった。

玉まつり——。そう聞いてみると今まで思い出さなかったのが不思議なくらい、他のどんな言葉も考えられないほどぴったりの下の五字だ。

数ならぬ身となおもひそ玉まつり

ようやく私の中で一句が坐りよく形を整えた。するとなぜだか、前にはいやな句だと思っていたのに、ほのかな表現にこめられた哀れふかい弔いの心が、この句から立ちのぼってきた。

目を窓の外に向けると、桜の木がふっくらした蕾をいっぱいにつけた枝を、窓近くまで差し伸べている。蕾《つぼみ》はまだ木の膚《はだ》の色をしているが、内側からほんのり紅をさして、彼岸近い風にゆらいでいた。もう一週間もすれば弾けるように咲き出すだろう。その枝の辺り、空気まで匂うように思われた。

ベランダの日向に置かれた鉢植えのパセリが、こんもりと濃い緑色に盛り上がっている。広いダイニング・キッチンはこの家の二階にあって、日当たりも見晴らしも一等よい場所にしつらえてあった。春の夕べはまだ明るかった。

「いいお台所ですねえ」

私は火にかけた片手鍋をのぞきこんで、頻《しき》りに鍋をゆすっている志げ子さんに声をかけた。

「だから女世帯っていやなのよ」テンポの早い言葉が返ってくる。「本来ならね、ここは主人の書斎になる場所なのに……」

彼女は振り返らずに言った。

唐突な返事に一瞬とまどった。志げ子さんと話すのは久しぶりなので、そのテキパキしたやりとりに馴染むのに、ちょっと時間がかかる。そして屈託のない話しぶりの中にずっしりとした内容がこもっていることに気が付くまでに、またちょっと時間がかかる。

この家は、ご主人の歿後に建てられたものだ。残された家族が暮らしやすいように設計されている。二階の南面がこの広いダイニング・キッチンとなり、ほかに居間と息子さんのお部屋と来客用の部屋があるようだ。志げ子さんのいう「主人の書斎」にあたる部屋は、当然ながらどこにもなかった。

山の文学者として多くの人に親しまれ、愛されていた深田久弥《ふかだきゅうや》が早春の甲州茅ヶ岳《かやがたけ》で亡くなってから六年が経っていた。山での死だが遭難ではなかった。登山中、山頂を目前にして脳卒中で倒れ、そのまま亡くなったのである。それはちょうど彼岸の中日、昭和四十六年三月二十一日のことだった。新聞やテレビで第一報に接した人は、まず遭難かと衝撃を受けた。脳卒中とわかって、惜しみながらも山の文学者にふさわしい、幸せな終焉と感じた人が多かったようだ。

深田久弥はその十年ほど前より、自らを「山の老兵たち」と呼ぶ老練の山仲間とともに月に一度、あまり目立たない静かな山を探しては二、三日かけて登り続けていた。自著『日本百名山』（新潮社昭和三十九年）の刊行以来、余りに多くの人々が、それらの山々に登り始めて騒がしくなったのを敬遠してのことだ。だからそれを「避衆登山」と称していた。

人の行く山へは行かない。槍ヶ岳、谷川岳、そんなお祭りのような山へは行かない。道標もなく、山小屋もない、誰も顧みないような山を選ぶ。（中略）飛脚のような日帰りはしない。少なくとも二晩三晩は泊りあるく。何をおいてもそういう暇を作り出す。急がない。汽車は大てい空いた鈍行に乗る。(中略)高さや険しさはなくとも、人に汚されない静かな山を見つけて分け入り、心の底まで自然を吸いこんで帰ってくる。
名もなき山の楽しさよ。

(「名もなき山」)

深田の最後の登山となった茅ヶ岳もそんな目立たない、しかし以前から彼が目指していた山の一つだった。

その日の前日に、深田は志げ子夫人に見送られて、世田谷の自宅にほど近い、京王線明大前駅から電車に乗った。いつにもまして元気そうな様子で、手を振って出発した。そして翌日、茅ヶ岳山頂を目前にして倒れ、そのまま不帰の人となった。午後一時頃だったという。六十八歳であった。

深田には生前、「神様はやりかけの仕事のある人間を決して殺さないものだ」という楽天的な持論があった。また「上等の酒ほど醸すのに時間がかかる」とも言っていた。これは私も何かの集まりの折に本人から聞いたことがある。そんな言葉に反して、深田は幾つもの仕事をやりかけのまま残して逝った。その中で最も大きかったのが、シルクロードの旅に関するものである。

昭和四十一年の一月から五月にかけて、深田は総勢七人の「シルクロード学術踏査隊」を編成し、その西半分を自動車で踏査している。東半分の領域は中国に属し、当時は日中の国交がまだ回復していなかったので入国できなかった。一行は深田のほかに東洋学者、登山家、出版社社員、朝日新聞記者とカメラマン、テレビ朝日の記者の七人である。

シルクロードといっても当時はまだ、その後のように人々の関心を惹いていない。私にも昔の教科書で得られるような知識しかなかった。シルクロード＝絹の道。ローマから長安へと到る東西文化の交流の道。その道を通ってもたらされた文物は、最後には日本に到り正倉院御物として残されている、と。

深田がとりつかれたようにヒマラヤの文献を集め、著作を出版し、昭和三十三年にたった四人の小編成でヒマラヤ探査行を成しとげたことは有名な事実であった。次にまたシルクロードへ出かけると聞いてはじめて、そこが深田の冒険心を惹きつける魅力に満ちた地域であることを理解した。それはヒマラヤの延長線上にある未知の土地であった。

志げ子夫人は帰らぬ人となった夫と最後に火葬場で別れるときの胸の内を、

この〔夫の〕頭の中に一杯に詰まっているヒマラヤやシルクロードは、生身と一緒に一切跡方なく失せてしまうのかと惜しまれた。

と、その年（昭和四十六年）の『婦人公論』に寄せた手記（「山に逝った夫 深田久弥のこころざし」）に明かしている。シルクロードから帰国後五年経って、筆の遅い深田の原稿が四百枚ほど進み、第四章までがほぼ出来上がっていた。それが急逝によりぷっつりと断ち切られたのだった。

だから深田亡き後も、志げ子夫人はのんびりしてはいられなかった。初七日が過ぎるとまず、その最後の原稿を探し出して編集者に渡し、残りの不足分は既刊の文章を転用して埋め合わせとして、未完の『シルクロードの旅』（朝日新聞社）を一冊にまとめた。七七忌にあたる四十九日目に自らあとがきを書いて、この本は六月に刊行される。翌七月に自選の紀行文集『山頂の憩い』（新潮社）も出た。九月にはこつこつと翻訳していたティルマン著『ネパール・ヒマラヤ』（あかね書房〈ヒマラヤ名著全集4〉）が、続けて同月『中央アジア探検史』（白水社〈西域全集別巻〉）が出ている。これにはシルクロード踏査隊の副隊長であった東洋学者長沢和俊の大きな協力があったという。

前出の手記に《五年越しのシルク・ロード紀行。三年越しの『中央アジア探検史』、と二年余りかかった「ネパール・ヒマラヤ」（ティルマン）の翻訳》とある、深田が並行してつづけていた三つの著述——。志げ子夫人はそれを、続々と本にしていった。

その後も日本や世界の山々についての多くの文章が、友人や編集者たちの尽力で次々に刊行されていく。それは長年、遅筆の夫を支え続けて編集者たちから絶大の信頼を得ていた志げ子夫人の働きがあってこそ、はじめて日の目を見た仕事である。

その間にも彼女なしには進まない行事が続いた。深田の郷里石川県加賀市大聖寺《だいしょうじ》での追悼会、金沢の石川近代文学館での二か月にわたる追悼展。そして郷里の寺では墓の建立、納骨がある。

墓石の前面には〈深田久彌之墓〉、側面には、

〈読み、歩き、書いた〉

と彫った。深田が好きだったスタンダールの墓碑銘〈生きた、愛した、書いた〉にならったものだ。

なさねばならぬ仕事は翌年も次の年も続いた。歿後三年目の昭和四十九年三月には『深田久彌山の文学全集』（朝日新聞社）の刊行が始まっている。全十二巻の刊行が完了するのは翌年二月のことである。

志げ子夫人にとっておそらく一番つらかったのは、金沢時代から十数年にわたって深田が国内外からとり寄せたヒマラヤ、中央アジア関係の膨大な蔵書、数多の地図類を、国会図書館に寄贈する作業ではなかっただろうか。深田の『山の文学全集』の編集者近藤信行氏が書いている。

> 九山山房のヒマラヤや中央アジアに関する洋書、和書、地図などは世界屈指のコレクションである。（略）カトマンズのカイザー図書館はヒマラヤの古典は豊かだが最近の本が少ない。ロンドンのアルパイン・クラブまた王室地理学協会の図書室も九山山房には及ばない。
>
> （『深田久彌　その山と文学』平凡社）

「九山山房《きゅうさん》」とは深田の俳号九山を冠した彼の書斎である。それほどの図書を集めるために、夫妻がどれだけの努力をし、大きな経済的負担をしたことか。

そのコレクションの、おそらく最初の二、三冊が、私の眼に残っている。金沢の浅野川べりにあった二階家の床の間、リンゴ箱を積み重ねた本棚に収められていた。「先生の本棚にしては粗末すぎるのでは……」と生意気にも感じたものだ。しかしあれはほんの胚珠に過ぎなかった。夫妻はあそこから、蔵書を世界屈指のものに育てていったのだ。それを手放す時の志げ子夫人の痛みを思うと、胸が詰まる。

「国会図書館の人がねぇ、そう言ったのよ。たいていの学者の奥さま方はご主人の蔵書を受け取りに行くと、お泣きになるんだって。だからつらいって。私は泣きませんからね、気が楽だって。……でもね、本をみんな運び出した後に、さぁっと風が吹き抜けて行ったわ」

志げ子さんはそう言いながら、右手を胸のあたりからさぁっと動かした。枯葉が一枚、風に吹かれてくるくる転がっていくのが眼に浮かぶような気がした。

2

『山の文学全集』の刊行が始まった昭和四十九年の四月二十一日、大聖寺に文学碑が建立された。その除幕式の場で私はほぼ二十年ぶりに志げ子さんと再会したのだった。深田先生一家は昭和三十年に金沢から東京へ転居され、私は四十二年に夫の転勤によって愛知県に移っていた。

志げ子さんはほっそりした暖かい両手でしっかりと私の手を握った。背も丸くずっと小柄になっていたが、きびきびした話しぶりは昔のままだった。

風の荒い日であった。深田の生家近くの、江沼神社境内に建てられた石碑に白い布が掛けられていた。その覆いがはたはたとはためく。布の覆いが風で飛ばされぬように、しっかりと結わえてあったので、まだ幼いお孫さんの手で除幕するのは困難であった。誰かが手伝ったと思う。

《やっと全貌を現した碑は参列者の感嘆の声につつまれました》と、志げ子夫人は追悼文「山恋の碑」に書いている。少し赤味がかったマンナリという御影石の典雅な碑は俳句仲間の建築家、加倉井昭夫氏による設計で、分厚い書物を八分通り開いた形をして立っている。碑の真ん前の足下辺りに置かれた小さな黒御影の花台はまるで神職の履く黒い沓《くつ》のように見える。「山恋の碑」に《石川県からだけ出土した御物石器《ごもつせっき》を形どったもの》とある（辞書によると縄文時代の石器の一種で岐阜県辺りからも出土するらしい）。三十センチ足らずのこの石器は、中央のくぼみに花を活けるというより、野山で摘んだ草花をそっと斜めに立てかけて供えるに相応しく、山を愛した深田の文学碑にぴったりで、設計者の精魂こめたデザインは見あきることがない。

碑の右の頁に白い陶板をはめ込んで、深田の詩がその筆跡で焼き付けられていた。地元の九谷焼陶芸家滝口加全氏の渾身の作である。

山の茜を顧みて
一つの山を終わりけり
何の俘《とりこ》のわが心

早も急かるる次の山

即興の詩らしいが、深田の本質が詩人であることを示していて、何の説明もいらない。

除幕式の後、寸暇を割いてかけつけた深田の福井中学の後輩になる参議院議員熊谷太三郎氏の挨拶があり、その後式場は隣接する彼の母校、錦城小学校の講堂に移された。来賓の挨拶もゆっくり聞けないほどの春の嵐だったからだ。

（先生の魂が、まだやり残した仕事があると言って荒らぶってる……）

そんな思いをしながら、私も久しぶりの母校の講堂に入った。

親交のあった人々の挨拶、深田の文章の朗読、「ヒュッテの夜」の合唱などがあった。なかでも錦城小学校の校歌斉唱は、今も懐かしく胸に残っている。深田久弥作詞、諸井三郎作曲によるものである。

白山の峰はさやかに
強き子ら　ここに集いて
玉とねり　鏡とみがく
ああ　錦城　かがやくほこり

私も立ち上がって、唱和した。「ああ　錦城」という高音のところで、小学生たちのブラスバンドの太鼓がどーん、どーんと響く。卒業以来初めて歌う校歌だった。

この校歌が出来たのは、私が五年生の時だと記憶していたが、深田の詳細な年譜（掘込静香編「深田久弥年譜」『人物書誌大系14　深田久弥』）を見ると《昭和十八年三月、母校の錦城小学校の校歌を作詞する》とある。その年の春、私は大聖寺の県立女学校に進学しているから、初めての校歌をあんなに一生懸命練習したのは卒業式で歌うためだったと納得した。

とにかく当時は兵隊さん一色の時代だった。「兵隊さんよ　ありがとう」「兵隊さんのおかげです」そんな詞の歌をたくさん歌わされ、五、六年生になるといつも荘重な調べの「海ゆかば」である。朝礼の時の校長の話の中身は、お国のため、兵隊さんのお蔭、先生両親の言い付けを守ること、と決まっている。いつも自分が叱られているようで、気持ちが楽しく弾むことは殆どない。「兵隊さん　お元気ですか　私も元気です」。そのあとどう続けたらいいかわからない慰問文を、何度も書かされた。母親たちは段々暮らし向きが窮屈になって、米や食料が配給制になるのを黙って我慢していた。

そんな時に、母校の校歌が出来た。詞は明るく元気で、何か真っ直ぐで朗らかで、気持ちのいい空気をふわっと私に吹きかけてきた。とても歌いやすい曲でもあった。校歌については何か校長の話があったはずだが、覚えていない。ただ作詞者が父の小学校時代の友人だと母から聞いていたので、誇らしかった。大声で練習するとのびのびと楽しくなった。それが、私が深田久弥という人の息吹に触れた最初だった。

　除幕式の後の祝宴にも出席できるよう志げ子さんが計らって下さった。彼女は祝宴の最中に出席者一人一人に丁寧に応対しながら、隙を見ては私の傍にも来てくれた。懐かしい大聖寺、金沢時代のことを小声で話しあった。金沢の友人の消息や私たちの同人誌のことも聞いてくれた。振り返ってみれば大聖寺、金沢時代を通して深田一家の近くで過ごしたのは私だけだった。

　宴の最後に深田の最も親しい先輩で、山の手ほどきをした人でもある稲坂謙三医師が、大切な弟分だった深田を亡くしたのは自分のせいでもあるかのように、巨体を曲げて詫びるように挨拶され、その悲しみの深さが感じられた。

　志げ子夫人は夫の歿後、これら一連の行事や残務整理の一つ一つに、人々の暖かい気持ちを損なわぬよう丁寧につき合われた。

　その一方で自らの老後の設計もしている。これまでの家の敷地内に、まだ結婚前のご次男と二人で暮らしやすいように新しい二階家を建て、二階に広いキッチンを配した。古い家は取り壊したが、その横にあった「九山山房」は閉じられたまま、まだ残っていた。

　九山山房は、増えつづける蔵書で家の床が傾くほどになったので、深田が登山で留守中に、志げ子夫人が知り合いの大工に頼んで建てた、畳二畳ばかりの本小屋だった。深田はこの書庫をたいそう喜び、ここに畳を入れ、書き物机を持ち込んで書斎にしてしまったのだ。無数の山の書物や地図に囲まれて、ヒマラヤ、シルクロード、その他日本の山々に関する著作がここから次々に生まれ出ていった。やがてこの書斎を多くの登山愛好者が訪れるようになった。彼らは深田の話を聞き登山計画の助言を受ける。そして登山談義に花を咲かせるメッカとも、梁山泊とも称せられるような場になったのである。世界で初めて女性としてエベレストに登頂した故田部井淳子さんもここを訪れている。

初めて訪れた時には九山山房はもう閉じられていたので、私はその盛況を知らない。志げ子夫人は自分のために設計した広く明るいキッチンで、この場所こそ書斎にして、ここで執筆する夫の姿を見たかった、あの狭い本小屋ではなくってここでこそ、と口惜しいような気持ちでいたのだ。そのことがしんと私の胸に落ちる。

「私はねぇ、調べてみたい女の人が二人あるのよ。それは芭蕉の恋人だった寿貞尼《じゅていに》と、池大雅《いけのたいが》の奥さんだった玉蘭《ぎょくらん》夫人のことなの」

食事の支度にかかる前、二人でお茶を飲んでいた時のことだった。志げ子さんからそう言われて、ふと以前から時々頭に浮かんでいた芭蕉の〝玉まつり〟の句を思い出したのだ。寿貞尼の訃報に接しての作で、玉祭とはお盆の魂祀《たままつ》りのことだ。

「私はなぜだかあの玉まつりの句を好きになれないんです。ちょっといやな感じがして……。だって女は誰しも自分を〝数ならぬ身〟とは思いたくないし、死んでから夫に〝数ならぬ身と思うな〟なんて言われたくないでしょう」

私はそう言いながら、少し恥ずかしかった。芭蕉の名句といわれる哀切の句を、俗な地平で語るのは気が咎めはするのだ。しかしまた、一度は俗な地平に引きずり下ろしたくなる、口惜しいような、綺麗ごとの句でもあった。

「寿貞尼のことはね、芭蕉関係の書物の中にほとんど出てこないんですよ。今、俳句の会の方で必要があって芭蕉の七部集を読んでいるので、ついでに図書館で調べてみたけどね、何もわからない。芭蕉は確かに女をおおっぴらに愛してないわねぇ。恋の句にとてもいいのが多いから、体験十分だと思うんだけど。その点、玉蘭夫人の方が何か分かりそうな気がする。描いた画もたくさん残っているそうだし、そのうち何か探してみたいと思っているのよ。あなたが取りくんでいる細香《さいこう》女史みたいに、たくさん史料が残っているといいんですけどねぇ」

志げ子さんはそんなことを言いながら、出来上がった幾品かの料理をテーブルに運び、お酒を煖《あたた》めにかかった。

私はその頃、江戸後期に活躍し、現代ではほとんど忘れられていた美濃大垣の女流漢詩人江馬《えま》細香の漢詩に心を惹かれていて、細香の生涯とその時代背景を調べて史伝小説の形で書いていた。それに手を加えて一冊の本にしたいと願っていたが、その方法がわからない。そこで文学碑の除幕式で再会して以来、同人誌に連載中の「江馬細香」を読んで励ましてくれていた志げ子さんに相談しようと訪ねたところだった。

志げ子さんはこれまで私の書いたものの中で、「江馬細香」をよほど気に入ってくれているようであった。なぜそんなに肩入れして下さるのか、当時はわからなかった。あとで彼女の思いに気がついて、私もつらくなることになる。

テーブルに並べられたご馳走の中にほたるいかの煮付けがあった。

「ほたるいかですね」私は大きな声を上げてしまう。

「これがあると買わずにはすまないわ」

ほたるいかは早春を感じさせる可憐な生き物である。富山湾に蜃気楼が現れる春、蜃気楼が立つと翌日は雨になって、そのあと採れはじめるという。そのため、昔はほたるいかは蜃気楼から生まれると言われていたそうだ。近頃は春になるとどこのスーパーでも見かけるようになったが、戦後の金沢に長く暮らした私たちには、なじみ深い季節の食べ物であった。

「主人がいなくなって料理の腕が落ちたわ」

そうこぼしながら、志げ子さんは私の手に小さなお猪口《ちょこ》を持たせて、温かいお酒を注いでくれる。

「主人が書いたのよ」

お酒を一口含んで、私はお猪口を目の高さに掲げてみた。黄瀬戸の地に朱で横文字が書かれている。残りを飲み干してから、改めてしっかりと読んだ。

Trinken viel, singen laut, arbeiten fleissig!

〈大いに飲み、声高らかに歌い、勤勉に働け!〉。黄瀬戸の淡い釉薬に朱色がよく映える。

「先生らしいお言葉ですね」

それは深田が揮毫を求められるとよく書いた語句の一つのはずだ。誰かの詩の一節か、ドイツの俚諺《りげん》の一種か、彼の国のビヤホールなどで歌われる歌詞の一節か。あるいは深田の創作か。いずれにしろ先生にふさわしいと思ってそう言ったのだ。

「そんなこと言って……。主人はね、ああ見えてもとても気難しくてね、私が出かけようとすると機嫌がわるくなるの。お昼には大好物のうなぎを焼いて、布巾を取ればもう箸を執るばかりに用意して出かけようとしても、いい顔しないんですから。とても我儘でね、ずいぶん気をつかったわ」

女同士の気楽さから、話は尽きない。私の記憶の中では、温厚で何を言っても「ああ、そうだね、いいよ」と応じてくれそうな人だったが……。

「……だからね、鎌倉の人だって、きっととても大変だったと思うわ」

私は思わず凍りついて、志げ子さんの顔をみた。その言葉が本当に彼女の口から出たのかどうか、疑った。しかし志げ子さんはそのあと黙って窓の外を見やって、お酒を口に含んでいる。背が少し小さくなりはしたが、昔に変わらぬ細面の理知的なお顔を私はしばらく見つめていた。率直な話しぶりはかつてのままなのだ。

それまで御本人から、〝鎌倉の人〟という言葉を聞こうとは思わなかったし、また私も志げ子さんの前でその人のことを口にするなどあり得なかった。しばらく何も言えなかった。

鎌倉には深田の前夫人、北畠八穂《きたばたけやほ》がなお健在で、旺盛な執筆活動を続けていた。

深田は戦争も終わりに近い昭和十九年の春に召集されて、中国湖南省方面へ歩兵少尉として出征している。《召集令が下ったという電報が国許から来た。それから二週間後には、もう私はギュウギュウづめの貨物船に乗せられて、日本を離れていた》（「懐沙《かいしゃ》の賦《ふ》」）と書いている。その船が青島に着いたので、自分の部隊の行先は中国大陸と分かった、ともある。当時の出征とはそんなものであったようだ。他の作家の文章で、応召すると夏服を支給されたので、行く先は南方と覚った、というのを読んだこともある。

深田は出征する時は、当時の妻・八穂と暮らす鎌倉の自宅から郷里大聖寺に帰り、そこから金沢の連隊へ入隊した。敗戦後一年近く中国の俘虜として道路工事などに従事し、帰国が許されると、帰還船で浦賀に上陸し、鎌倉の自宅にはほんのしばらく滞在しただけで、すぐ越後湯沢に疎開中の志げ子さんとまだ幼いお子さんの元に帰る、という変則の道を辿った。

深田と二人の女性——北畠八穂、志げ子さん——との間にはただならぬ経緯があり、友人、知人、親族の間に大きな波紋を巻き起こしたのだった。ことに深田は出征前までは、鎌倉文士と呼ばれた現役の作家グループの中心の一人として、華やかな作家活動を続け、病身の妻・八穂をいたわって「健全この上なし」の模範家庭を築いていただけに、仲間うちの困惑、非難は大きかった。

——鎌倉の人も大変だったと思うわ——

私はこの言葉を、以後たびたび思い出すことになる。だがその時はどうして志げ子さんがそんなことを言うのか、どう答えたらいいのか、わからなかった。直接そのことについて訊くだけの覚悟ができていなかった。

「文学碑、とても素敵になりましたね。あんなすっきりした記念碑は見たことないわ。どなたかご挨拶の中で〝瀟洒な文学碑〟って言っておられたわね。私は卯辰山《うたつやま》の上にある、徳田秋声の文学碑がとても好きですけど、あれよりずっといいわ」

「皆さんとっても苦労して、協力して下すったのよ」

志げ子夫人は設計者加倉井氏と何度も福井の三国港《みくにみなと》近くの、日本でも五指の内に入るという大きな石材店まで足を運んで、制作の場に立ち会ったのだ。東京から裏日本の大聖寺までは、当時は信越線を通っても東海道線を通っても、大変な道のりだった。加倉井氏は御物石器をかたどった花台の緩やかな丸みを出すために最後まで気を抜かなかった。陶芸作家滝口加全氏も苦心していた。彼は伝統的な九谷焼の世界では型破りの、激しい芸術家肌の作家だった。それが深田と親交を結んだ所以だが、寒夜に土をこね続け、自分の字の癖を殺して深田の筆跡を生きいきと再現した。

「あの除幕式の時、何十年ぶりかで校歌を歌ったでしょ。あの校歌、私大好きなんです。私の卒業の年に出来て、すごく自慢だったの。子供心に錦城小学校が急に立派になったような気がして」

すると志げ子さんは声を立てて笑い出した。

「あれ作ったときにね、どれだけお礼が来るか、楽しみにしてたのよ」とおかしそうに言う。「そうしたらね、玲子さん。立派な大きな九谷焼の花瓶が届いたのよ」

また笑いをこらえるように明かしてくれた。私はすぐにはその言葉の意味するところがわからず言葉に詰まったが、しばらくして、あ、と思いあたった。

「そうか。大聖寺のおえらいさんたちってそうなんですね、きっと。深田先生みたいな偉い人に金銭でお礼差し上げるのは御無礼だって、そう考えたんじゃないかしら」

子供の頃、元町長さんや元校長先生、町のお医者さんなど、加賀藩の支藩であった小さな城下町には、礼儀正しい、互いの体面を重んずる長老たちが幾人かいた。道で出会ったら必ずお辞儀しなさい、と祖父母に固く言いつけられていた二、三人の顔が思い出された。そのえらい人たちが額を集めて校歌作詞のお礼について相談している有様が想像された。途端におかしくなり、二人で笑ってしまった。

考えてみれば昭和十八年は、その前年にお子さんが生まれていて、最もお金の入用な時期だったに違いない。大真面目な町の長老たちと、志げ子さんの現実の願いとはかみ合わなかったようだ。

翌朝、遅めに朝ご飯をいただいた。鮮やかな緑と白のきゅうりや大根の糠漬けが、中ぶりの鉢にたっぷりと盛られている。

「おいしいですねぇ、このお漬け物」私は遠慮なく頂いていた。ご主人が亡くなられても手抜きをせず、丁寧に漬けていることに感心しながら言ったのだ。

「一昨日もね、弟がそこに坐っておいしいおいしいって食べて行ったわ」

「あっ……」

私は腰を浮かせた。金沢の友人にたしかに聞いていたはずだ。志げ子さんが弟と言ったら、それは高名な評論家、中村光夫氏のことではないか。たしかその後にペンクラブの会長も務めている。志げ子さんがあまりに親しく、隔てなく接して下さるので、日頃まったく意識したことがなかった。私はもうご飯を頂いているどころではなくなってしまった。

最寄り駅までの道すがら志げ子さんは、

「あなたの「江馬細香」は本になるようきっと私が請合いますからね」

と、文学碑の除幕式で会った編集者の名刺を私に差し出す。「あなたからも一度連絡しておくといいわ」

明大前駅に着くとすぐ切符を買ってくれ、さらに友人を訪ねるという私に乗換の仕方を何度も念入りに繰り返す。そして改札口から上る階段を指さして、言った。

「ここで元気な顔して〝行ってくるよ〟って言ってね、主人が手を振って階段を登って行ったのよ」

志げ子さんの寂しさが身に沁みた。前夜には、「主人が死んで何が寂しいかっていったらね。あそこの家の花がもう咲いていたわ、とかって何でもない話をする相手がいなくなったことなのよ」と言っていた。その寂しさを埋めてあげられる人はもう誰もいないのだ。

3

名古屋近郊の団地の自宅に帰って、しばらくして礼状をだし、それから頂いた名刺の出版社に電話をした。電話口に出た編集者は、私の名前と用件を聞くと、いきなり「あのね、奥さんの所に原稿など持ち込んじゃいけないよ」ときつく言った。私は突然水を浴びせられたと感じた。田舎で深田さんの近所に住んでいたというだけで、そんなことで甘えるんじゃない――彼はそう言いたかったのだろう。東京で編集者たちにとり囲まれている深田久弥と、私が父のように身近に親しく感じていた深田先生との間には、大きな隔たりがあるのだ。

私は志げ子さんに電話して編集者の言葉を伝え、これまでの多くの失礼を詫びた。

「へんねぇ、彼がそんなこと言うなんて。もう一度私から頼んでおきますからね」

志げ子さんはそう励ましてくれた。

年が改まってまた桜の季節が近づいた頃、東京にいる恩師、西義之先生から頂いた電話は、志げ子夫人の訃報であった。葬儀はその翌日ご自宅で、という内容だった。私は即座に「参ります」と返事した。

翌日、ご自宅に近い下北沢の駅のホームで出会ったのは、私の亡き姉の級友だった稲坂医師の次女K子さんだった。お互いに喪服なので、行く先は言わなくてもわかった。K子さんに聞いたところでは、志げ子さんは夫の七回忌の法要のために大聖寺へ赴き、帰宅して土産を届けに知人宅を訪れようとしてオートバイにはねられたのだという。その時、住所を示すものを何も身につけていなかったために、住所不明者として病院で、身内には看取られず亡くなった。

「奥さんがね。もうお父さんの所へ行きたいわって、うちの母におっしゃってたって……」

とK子さんは付け加えた。

「お父さん、もうすぐ庭の桜が咲きますよ」と知らせに行かれたのだろうか。私は言葉もなかった。

ご自宅の葬儀で、志げ子夫人の棺の傍らに、二人のご子息と弟の中村光夫氏が控えておられ、会葬者の一人一人に穏やかに会釈されていた。仲のいい御姉弟だと聞いていていた。

ご子息から先生の遺句集『九山句集』（卯辰山文庫　昭和五十三年）が送られてきたのは、もう梅雨近い頃であろうか。挨拶文には、志げ子夫人の七七日忌の法要と納骨を済ませたことの報告と、「供養の印として、母が生前二年がかりで取り組んで、事故にあう直前に完成した父の遺句集をお届けする」とあった。

私は急いで函を見る。「深田久彌　九山句集」とあり、立山の古い絵図が薄墨で描かれている。濃紺の布地の表紙、背に銀字で表題と著者名、見返しに若い頃に筆写したという芭蕉の句が刷られている。総体に堅牢で丁寧な造本であることが私にもわかった。

しかし気が動転して、ゆっくり内容を読むどころではない。大急ぎで志げ子夫人の「あとがきに代えて」まで頁を繰るが、眼が字面を滑っていくだけでしっかり内容がつかめない。ただ、夫の歿後七回忌までの年月を、夫のやり残した多くの仕事の跡始末をしながら、大急ぎで駆け抜けて行かれたことだけが思われた。

一月も経ってようやくその「あとがきに代えて」を落ち着いてくりかえし読むことができた。そしてこの遺句集の編集出版をしたのが、私の同期生である国文科出身の神崎忠夫君であることを知った。彼は卒業後、大手の出版社に入り、のち独立して個人で出版業をしていることもわかった。かなり時間が経ってから私は神崎君に連絡をとり、結局、私の初めての著書となる『江馬細香――化政期の女流詩人』(卯辰山文庫　昭和五十四年)は彼が美しい本にしてくれることになる。

――あなたの「江馬細香」は私が請合いますから――

志げ子さんの声が甦える。

その渾身の努力でできた『九山句集』が、長い間疎遠であった同期生と私を結んでくれた。志げ子さんはこんな形でやっぱり責任を果たしてくれたのだ。

幾度か神崎君と話し合ううちに、彼が志げ子さんの思い出をしみじみ語ったことがある。

「作家の奥さん方には多く会ったが、あの方ほどよく出来た人は、僕の知る限り谷崎松子さんくらいだ」

彼は出版界に入ってから歌人、俳人、国文学者、それに老大家といわれる作家たちとの仕事が多かったようだ。谷崎潤一郎夫人と志げ子夫人、その両者を識る彼の話を私は素直に聞いた。

『九山句集』は一番身近な人の手で編まれただけあって、読み始めれば生前の著者が面影に立つ。この句集は、その後折あるごとに読み返す、私の大切な一冊になった。

二章　出会い　不思議な大人

1

昭和二十三年の春。遠い山並みにはまだ白い雪が輝いている暖かな午後だった。私は玄関の戸をあけて、近所の家の塀越しに咲く白木蓮の花を見ていた。高い梢に蠟燭の焔の形をした白い蕾がいっぱいに灯《とも》って、風に揺れながら開きかけていた。その花が咲くと、間もなく新学期が始まる。その年、戦後の占領政策による新学制が施行され、私は旧制の高等女学校五年から新制の高等学校三年に進級することになっていた。

白木蓮の咲いている家の前の道から、中年の少しずんぐりした背格好の男の人が、わが家の前の小路へと曲がってくるのが見えた。ブルーの背広を着て、ソフト帽をかぶっている。と、私の前を通り過ぎながら、柔らかな面持ちで私を見て、「やぁ、この子か」とでも言いたげな表情をした。都会の人のような垢抜けた風采ではない。この町によく見かける中高のおっとりした顔立ちで、しかしこの町のどの大人とも違う生きいきとした雰囲気を持っていた。

知らない人だったので挨拶もせず、その少し丸い背中を見送ると、明るい日の射す大通りをゆっくりと右に折れて行く。

白木蓮の咲く家は、代々続く古い医院なので、そこのお客かしらとも思った。一度も空襲を受けなかった石川県ののどかな田舎町でも、敗戦後には見慣れない人を見かけることはそう珍しくなく、深くは気に留めなかった。その人が後に『日本百名山』の著者となる深田久弥だと知るのは、ずっと後のことになる。

小学校を卒業する頃に校歌ができてとても誇らしかったことは前章に書いたが、私がその名前を初めて聞いたのは、小学校三、四年頃、兄が持っていたたしか『少年倶楽部』を見た時だ。始めの頁にぱっちりした眼の可愛い少年の似顔絵があった。題名はわからないのだが、その少年とおじいさんが山で暮らしている話だったと、かすかに覚えている。白い子犬がいたようでもある。

縫物をしていた母が覗きこんで、

「そのお話を書いた人は父ちゃんの小学校のお友達や」

と言う。

「その人は山登りが大好きでね、山に行けんときは家の中に地図を広げて、地図の上を歩いておんなるんやって。……奥さんが病気でね、よく奥さんを負んぶして散歩しておんなるんやって」

母が父から聞いていたのか、婦人雑誌の記事ででも読んだのか。神田表神保町に生まれ育った母は、何だかいろんなことを知っている。

「中町の深田《ふかた》紙屋さんの人や」とも教えてくれた。

私と三歳年上の姉とは、母の伯母の家へ遊びに行く時、よく深田屋の前を通った。大きなガラス戸の中を覗くと、小柄なおばあさんがちょこんと帳場の横に座っているのが見えた。外が明るいので、おばあさんの姿は影絵になっている。暗い店の中は涼しそうだ。

「深田のおばばちゃんがおんなる」と私が言う。

「いつもあすこにおんなるね」と姉も言う。

その人影はじっと一点を見つめているように動かなかった。


高校三年の夏休みが終わってしばらくした頃、文芸部顧問の喜多村先生から、深田久弥先生をお招きして何か話してもらおうと提案があった。深田先生は戦後二年目に郷里大聖寺に帰って来たのだ、と。その先生の返事は、「講演会は嫌いだが、座談会ならよろしい」とのことだった。

占領軍による学制改革で、その年から男女共学になっていた。しかし校舎はまだ中学校と女学校と二つに分かれたままだ。二つの校舎は以前から大聖寺川を挟んで斜めに隣り合って建っている。共学になってからも男女別々の校舎に登校し、授業が行われる教室へと両方の校舎を行ったり来たりしていた。ある授業は元中学校の教室で、ある授業は元女学校の教室で行われた。座談会には元藩主の下屋敷を改造した女学校の、畳を敷いた古い礼法室が選ばれた。

私たち文芸部の女子は、部屋の掃除に、先生方の座布団やお茶の用意にと働いていたが、元中学校から肩をいからせてやってきた数人の男子たちは何もせず、無関心を装って旧女学校の内部を見わたしたり、固まって質問する事柄を相談したりしていた。共学になって半年経ったが、生徒たちは男女とも、まだぎこちない雰囲気だった。

喜多村先生に案内されて入ってきた人を見て、初めて私は春先にわが家の前を通りすぎたのが深田先生その人であることを知った。

藩政時代のものという古びた琴が立てかけられた床の間を背に生徒たちに取り囲まれた深田先生は、何事も穏やかに受け止めて、生徒たちの質問に口籠りつつ簡単な返事をするだけであった。

その年の梅雨の頃、人気作家であった太宰治が玉川に入水心中して、大きな話題になっていた。女子はあまり詳しくなかったが、男子たちは『斜陽』とか『人間失格』など太宰の作品に夢中になっていた。太宰のどの作品かに鎌倉の深田久弥の家を訪問する場面があって、彼らはその時のことを聞きたがる。

「ああ、そういえば、なんか一度訪ねてきたことがありましたね」と先生は何事でもなかったように坦々と答えられた。それだけであった。

人気作家の入水心中というセンセーショナルな事件について、太宰本人と面識のある深田先生からもっと詳しい刺激的な裏話を聞けるかと意気込んでいた男子たちは、ちょっとざわざわした。私の近くに膝を崩して座っていた一人の男子が開きかけた本を手渡して、ある頁を指さしてくれた。その頁は、太宰が深田家を訪問したときの場面らしかった。表題を見ると「狂言の神」とある。なにかこけおどしのような、どぎつい感じを受けたが、そんな題こそ男子たちをわくわくさせているらしかった。

しかし話はそれ以上に発展しない。男子たちは期待が外れたのか、手ごわいと見たのか、次に別の一人が「可能性の文学」という言葉を持ち出して質問した。彼は前夜遅くまで織田作之助の「可能性の文学」という評論を読んで感銘を受けたのだと言った。

「可能性の文学とはどういうことですか」と先生が説明を求めると、どもりながらたどたどしく説明した。彼が言葉に詰まると、私の近くにいたもう一人が補った。彼らの説明はただ難しい言葉を並べるのみで要領を得なかった。

深田先生は注意深く彼らの説明を最後まで聞き、聞き終わると即座に「ああ、そういうことならスタンダールが同じことを言っていますね」

スタンダールのルを少し呑みこむような、大聖寺人らしい発音でそう言われた。

「はい、織田作はスタンダールと西鶴に傾倒していました。惜しいことに、昨年、彼は働きすぎて死にました」。私の近くにいた男子が気取って、大人っぽい口調で付け加えた。

先生の様子は、私の予想とは違っていた。訥々とした話しぶりに拘わらず、その印象は隠退して郷里に引きこもった文学者ではなくて、活きのいい、現役の文学者であった。隠退、現役などと言っても、当時の私がそんな実例を知っているはずがない。ただ田舎の高校生の拙い発言を誠実に聞いて、即座に答える様子に、生きいきしてごまかしのない真っ直ぐなものを感じただけである。後々になってもその時の新鮮な印象は変わらなかった。

その後も幾つかの質問が出たが、やがて深田先生と出席していた二、三人の先生方との雑談になっていった。その様子は驚くほど親密で遠慮のないもので、見ているだけで楽しくなった。それに日頃男子たちが大騒ぎをしている二人の作家、太宰治と織田作之助が、訥弁の深田先生によってあっさりと片づけられたのが愉快であった。彼らはいつも私たち女子を難しい言葉で煙に巻いていたのだから。私はその日の話の内容を半分も理解しておらず、太宰の作品も織田作之助の「可能性の文学」もずっと後になってようやく読むことになる。

深田先生は父母、教師、近所の人たち以外で、初めて私の前に現れた大人であった。しかもかけがえのない、飛びっきりの大人であった。

座談会の後、文芸部の女子たちの間でよく深田先生の噂が聞かれるようになる。先生の奥さんが、町の八百屋の店先で出版社からきた封筒をびりびり破いて買い物をしていたことが、楽しい話題になった。大通りの八百屋さんの娘が一級下の学年にいて「ちらっと見たら新潮社って書いてあったよ」と得意そうに話してくれた。田舎の女学生たちにとっては、まるで雲の上の出来事のような話だ。深田先生一家がある時、ドイツ人ピアニストの演奏会を聴くために富山まで行ったことを聞いて驚いたのも、その頃のことだと思う。金沢まででも、余程の用事がないかぎり行くことはなかった。富山へは金沢へ行く倍以上の時間がかかる。都会の人って、あるいは作家って、お金を使ってそんな遠い所まで行くのか、と驚いた覚えがある。

そのうち深田先生の奥さんが痛々しいようなほっそりした体に赤ちゃんを負んぶして、買い物に出かける姿をよく見かけるようになった。負んぶが下手で、赤ちゃんが背中にしっかりと結わえつけられていないので、首が後ろに折れそうに垂れている。それにも構わず足早に歩くので、赤ちゃんの頭がゆらゆらする。いかにも世帯馴れしない、不器用で、一生懸命な姿だった。いつか友達を訪ねた帰りに、裏通りで奥さんとすれ違った。それは深田家から先生の実家へ行く近道だった。奥さんはいつもの早足で、うつむいたまま私とすれ違った。青磁色の上等な着物を着て、草履をぱたぱたさせて急いでいる。足元から土ぼこりが立つ。あらあら、あんなふうに歩いたら、すぐ誰かの噂になる、と私は少し気の毒になりながら、その隙だらけでひたむきな姿を見送った。
ずっと後に知ったのだが、その頃が深田先生夫妻の新婚時代だったのだ。いつ見ても一生懸命だった奥さんの姿を思い出すたびに、それに思い当たる。

大聖寺には大正時代から、「学生会」という親睦団体があった。まだ中学校がなかったこの町から他の土地へ遊学する学生たちが、春夏の休暇で帰省すると自発的に集まって登山、海水浴、弁論会など行って、互いの親睦と向上を図るのである。私の父や叔父たちもこの会で鍛えられた。手厚い文教政策を採っていた旧藩時代からの遺風で、年長者が年少の者を教え導く習わしだという。小学校を卒業すると、高等科へ進む生徒や、小松、金沢、もしくは福井の中学校へ進む生徒が少なくない。さらに続けて東京、京都その他の上級学校へ進む学生もかなりあった。しかも金沢のような大きな都市ではなく、人口二万足らずの小さな町で、みな一つの小学校の出身者だからこそ、この会がうまくまとまったのだろう。

戦後も「学生連盟」と名称を変えて、この会はかなり長く続けられた。キャンプやハイキングなどの遊びから、読書会やレコードコンサートといった芸術鑑賞まで多様な催しがあり、なかには夏休み中に小人数で小泉八雲の作品を原書で読み上げたグループもあった。

時折り深田家で集まりがあった。この町の集まりといえば、古くからは預金講や報恩講か、法事の後の親戚や知人の集まりと決まっている。けれども深田家での集まりは全く違っていた。深田家の家主である隣家の稲坂医師が深田先生の最も親しい先輩であることは前章に書いたが、深田先生や稲坂医師は学生会の初期の会員でありリーダーでもあったので、この二人を中心に昔の学生会の人たちや、戦後に学生連盟を作った先輩たちが時折集まっていたのだ。

昭和二十四年に私が金沢大学に入学した時にすぐこの会に誘われたのも、新人を鍛えようという先輩たちの配慮であったろう。

喜多村先生に連れられて初めて深田家の集まりに行く時、母が言った。

「深田先生の奥さんは女流作家だよ」

私は女流作家と言われてもなんのイメージも思い浮かばなかった。

深田家に着くともう七、八人ほどの人が集まり、談話が弾んでいた。金沢大学の歴史の下出積與先生はじめ、東京大学の学生である山田彰、西出一男氏などこの町の知識人たちの顔が揃っている。

それは全く何のテーマも決めない呑気な会で、真面目な話もするが、おおむね深田、稲坂両先生の遠慮のないやり取りを聞かされることが多かった。

深田先生は吉川英治という作家を純文学作家とは認めず、稲坂医師は先生をからかうように、威嚇するように、彼は国民文学作家であると主張して譲らず、嵩《かさ》にかかって深田先生を言い負かす。加賀藩の著名な蘭学者黒川良安の血縁であるこの医師は、堂々たる体軀を乗り出して愛嬌のある眼で先生を睨みつける。私は大人ばかりの、こんなに親しい雰囲気の集まりに出たことはなかったので、話の深い内容や意味を半分も理解出来ぬまま、その面白さにお腹を抱えて笑っていた。

気がつくと、背後の襖を隔てて小さな声がする。奥さんがまだ幼いお子さんに本を読んであげている。巨人軍の大下とか川上とか聞こえる。この町の普通の家とはどこか違う感じがした。とても子供を大切にしているお母さんだと感じた。

やがてお子さんを寝かしつけると、奥さんも座に加わった。今度はまだよちよち歩きの坊やが目を覚まして、おむつのまま座の真中へ歩き出す。先生はにこにこ見ているだけで何にも言わない。

「お父さんはスローモーションだから……」

奥さんが坊やを素早く抱き取って言った。そのユーモラスな口調に皆が笑い出し、先生もはにかんだように笑った。

その夜おそく帰宅してから母に、

「奥さんはどうも女流作家ではないみたい」

と報告した。母は「ふうん」と少し怪訝な顔をしただけで何も聞き返さなかった。女流作家とはどんなものか知りもしないのに、なぜそう感じたのか、私にもわからない。

夏休みが終わってからも、深田家の会には何度も誘われ、たいてい参加した。会がそのまま俳句の会になることもあった。ある晩は、町はずれにある大きな神社の拝殿横の広い板敷の間を借りて、句会が行われた。町でも一番格の高い神社の、祭りの際には浦安の舞が舞われる場所だ。自分がどんな句を詠んだかまったく記憶がないが、宮司の奥さんが奉納された鏡餅を割り砕いて香ばしい醤油の付け焼きを大皿いっぱいにもてなして下さったことはしっかり覚えている。開け放した拝殿には初秋の風が吹き抜けて心地よい。例によって先生の横に稲坂医師の巨体があり、遠慮のないやり取りに絶えず笑いながら会は進行した。稲坂医師が若いころ、まだ誰も果たしていなかった冬季白山縦走を成し遂げた人だということもそんな時に出席者の誰かから聞いた。その頃の登山の服装は蓑《みの》、笠《かさ》、草鞋《わらじ》履きという出で立ちだったという。まだ大正時代のことだ。この人こそ深田先生の登山の最初の指導者である。

翌年の冬も終わりの夕方、私は列車の窓から不思議に美しいものを見た。帰宅の途次であった。進行方向の左側、雪が殆ど消えかかった山々の背後に、青い水晶のように透き通った巨大な塊が、裏日本には珍しく晴れた夕暮れの空を背景に浮かび上がって見える。列車はもう小松駅をとっくに過ぎ、大聖寺に近い。なんだろう。じっと見入った。いつもならそこには白い山が見えるはずだ。あんなきれいなものがこんな田舎にあるはずがない。素晴らしいものは東京か、京都か神戸か、どこか遠い所にあるはずだ……。そう思いながら見とれてしまって眼が離せない。北陸線はまだ単線で、大聖寺に着くまで遮るものはなかった。乗客はみな疲れ果てた様子で、黒っぽいオーバーを着て目をつむっている。誰も気づいていない。なぜ気づかないのか、歯がゆくなる。それだけに一層、この世のものとは思えない姿が眼に焼き付いた。

その美しいものが白山だとわかったのは、深田先生の文章「白山」によってだった。『日本百名山』にも入っているその一文には、晴れ間が少ない北陸の冬、たまに一点の雲もなく晴れた夜、月光を受けて白銀の白山がまるで水晶細工のように浮きあがる美しさが書かれていた。私が見たのは晴れた暮れ方で夜ではないが、めったに見られない、ひと時の美しい白山だったのだ。

昭和二十五年の深田家の集まりには夏休みで帰省した東大生の山田、西出両氏が久しぶりに出席して、座はいつもより熱を帯びていた。その年のメーデーの状況が話題の中心であった。二人は深田、稲坂両先生の正面に座り、みな胡坐《あぐら》をかいて団扇《うちわ》を使いながら聞き入っている。私は深田先生の右隣り、少し引き下がって、先生の横顔越しに座を眺めていた。私がそこに控えていたのは、みなの前にある湯呑や西瓜のお皿を運ぶ手伝いをしていたのだろう。背後がたしかお台所だった。

昭和二十五年といえば、それまで日本の軍国主義体制を解体する強力な方針を取ってきたアメリカの占領軍司令部、いわゆるＧＨＱが方向転換して、日本共産党の非合法化を図りだした時期である。そして六月には共産党中央委員会の全員二十四名が追放を指令された。彼らの内のある人々は地下活動に移っている。敗戦によって十八年の獄中生活から解放され、共産党書記長、代議士の地位にあった徳田球一も公職を追われ地下に潜行した。そんな空気をいち早く反映していたのか、その年五月一日のメーデーは異様な熱気を孕《はら》んでいたという。

東京で学生生活を送っている二人の話はその生々しい現場報告だった。ことに山田氏は、徳球こと徳田球一がどのように街頭で煽動的な演説をしたか、聴衆がどんなふうに熱心に聞き入っていたかを、興奮気味に手振りを交えて話していた。

聞いていて私は少し息苦しくなっていた。

その時、やや笑みを含んで団扇で懐に風を入れていた先生が言った。

「そうだねぇ。今一番生き甲斐を感じているのはあの連中じゃないだろうか」

一陣の涼風が吹いたように感じた。座の話題とは明らかに距離を置いた発言である。私はその言葉から、政治的な事柄を客観的に見ることの清々しさを、一瞬のうちに学び取った。

六〇年代の安保闘争ほど激しくはなく、金沢郊外の内灘海岸での反米基地闘争もまだ始まっていなかったが、反占領軍、反米闘争の空気は新聞論調にも学生たちにもかなり強く支持されていた。政治意識が低いと見られていた私は、大学内でも通学の車中でも、いろんな集まりに誘われたり議論を仕掛けられたりして、返答に困っていた。政治的に一方に片寄った立場へ誘う人を腹立たしく思っていた。

それが、先生の一言で、肩が軽くなった。客観的に広く全体を見渡せる人間になりたいと思った。

簡単に同調するのでも、逆にただ反発するのでもなく、冷静に見て、自分で考えればいいのだ、直接参加しなくても……。

先生にも学生時代に似たような葛藤があったことはずっと後に知るのだが、あらゆる政治的言動から少し離れて、右にも左にも偏らず客観的に見ることを、私はその後の信条にした。深田先生から受けた大きな教えだった。

前年、列車通学をしていた私は、ドイツ語の教師で、後に文芸評論家になった小松伸六先生に頼まれて、深田家に紙袋に入った分厚い原稿を届けたことがあった。それは金沢の総合誌『北国文化』が募集した小説の、応募原稿の幾編かだ。深田先生はその最終選考の審査員だった。先生が戦前、『改造』や『文學界』で応募原稿から優れた新人を発掘する名手だったことなど、全く知らなかった。

その頃、先生のお供をして散歩することがよくあった。他所で会があった帰りには稲坂医師が家へ入られた後、これで終わりだと思っていると、

「さあ、これから歩こう」

と言われるのでついて行く。稲坂家の塀を右手に曲がり、わが家とは反対方向に番場町へ行く橋を渡る。昼間はやかましい織物工場の機械の音も止まり、静まった町を通り過ぎるとやがて町はずれで、畑や田んぼの続く野道になる。どこへ行くとも言わず、山で鍛えた健脚でどこまでもという

感じである。戦時中の女学生なので、私も歩くことは厭わない。夏休みに入るとすぐ二里近く離れた橋立海岸まで、水泳の授業に下駄ばきで一週間、往復した経験もある。しかし用事も目的もなく、ただ歩くという意味が理解できない。なぜ先生がそんなに歩くことが好きなのか、先生の言動は、当時の私には謎だらけだ。

暗い道のところどころにぽつんとブリキの笠をつけた電球が灯っているだけで、行く手に明るい店や喫茶店が待っているわけではない。行き交う人もいない。ひたすら歩く。遠くに山が見える。山は何故か昼間見るなだらかな山ではなく、ぐんと大きく、月光の中で黒々と見える。山の精の力を具《そな》えてどっしりと威圧を感じさせ怖くなる。その山の向こうは海岸の村である。

さすがに私を退屈させまいとしてか、先生はいろんな話をして下さる。女流作家の林芙美子は八百屋へジャガイモを買いに行って、もうそれだけで小説が書ける人だとか、平林たい子は、自分というものをどさっと投げ出して見せたような面白さがあるとか――。しかしそういう文学論は、『放浪記』の佳さもまだ呑み込めていない当時の私にはぴんとこない。「岡本かの子と一緒に銀座を歩くのは、出目金を連れているようで恥ずかしかった」といったエピソードは、その頃かの子の作品をよく読んで顔写真を覚えていたから、面白く聞いた。深夜になってようやくわが家の前まで来て、握手して別れる。帰宅して足を拭うと、どっと疲れた。

そんな散歩が会の度に続いた。私は閉口してしまって母に言った。

「先生が夜いつも散歩に誘って下さるけど、足も痛うなるし下駄減るしぃ……」

戦後間もない町の道路の大半はまだ舗装されていなくて、石ころが多い。

「母が心配しますからって言ってお断りしようと思うわ」

母は即座に言った、「行きなさい」と。

「深田先生と一緒なら何の心配もない。行きなさい」

まるで厳命に近い言い方だった。母は早くに父を亡くした私が、父の幼な友達である先生からいろいろ教えてもらえることを期待しているようだ。私は返す言葉がなく、その後も散歩のお供が続いた。

同郷の作家高田宏氏はその著書『雪日本 心日本』（中央公論社）に、深田先生と稲坂医師との散歩姿を描いている。


小学校前の熊坂川べりなどを二人とも無造作な衣服で大声でしゃべりながら散歩している姿をよく見かけたものだ。田舎町で目的もなく散歩する者などいない。ものめずらしい光景であった。私はその一事で、畏敬の念をいだいていた。

（「野人 深田久弥」）


昭和二十三年か二十四年のこととある。

夏休みが終わりに近いある夜、例のように先生の後について歩いていた。その夜は田舎道ではなくて町中だった。どこかのお寺の本堂で句会があった帰りだ。大通りから外れて裏道へ入る。鷹匠町、奥鷹匠町と古い家並が続き、傾きかけた門柱に「士族　何某」という表札が掛かっていたりする。その道を行くと、大聖寺川に突き当たる。右手に大きな織物工場があったはずだ。川に沿って左へ、大通りに向かって歩いていた先生が立ち止まって、足元の石ころを摑《つか》んで川へ抛《ほう》りなげた。

「大学で何を専攻するんだ」

いきなりの質問だった。夏休みが終わると後期の授業が始まる。私は二年の前期で教養課程を終え、専攻課程を決める時期だった。

「国文学をやります」とっさに答えた。

「国文学は自分で勉強しろ。外国文学をやりなさい」

「はい……」

目をつぶって、いきなり目の前の川を飛び越えたような気がした。どうして英語も充分読めないのに、外国文学など専攻出来ようか。女学校では二年の一学期まで、細々と英語の授業があった。敵国語だと言われながら、一人の英語教師の強い主張でなんとか続いていたのだ。二年の二学期から三年の夏まで学徒動員で、落下傘の材料を作る繊維工場で働いていた。戦後は疎開生で膨れ上がった教室で、私語の絶えない散漫な授業が続いた。集中して熱心に勉強をすることはなかった。大学では、男子学生に交じって、英語の授業について行くだけで至難のことだった。私はただ女学校で、奈良女高師卒の袴姿の女性教師に憧れていて、国語教師になりたかっただけなのだ。

けれども先生の命令は父の言葉に等しく私に働いた。その言葉の意味を深く理解することのないまま、以前『北国文化』の応募原稿を深田家へ届けるよう頼まれた小松先生のおられるドイツ文学専攻課程を選んだ。

2

専攻課程に進んだ年の秋、私は初めて金沢市内に下宿して自炊生活をすることになった。兼六園から浅野川へ抜ける古い道路沿いの下宿屋であった。

翌昭和二十六年五月に、深田先生一家も金沢へ移ってきて、私の下宿から歩いて二十分もかからない浅野川の向こう岸に住まいを定められた。ある夕方、突然先生が散歩に誘いに来て、驚いたものだ。先生一家が金沢へ越してきたことは知らなかったし、どうして私の下宿がわかったのかも不思議でならない。見つかってしまったと思った。

また散歩のお供が始まった。兼六園をあちこち歩き、大きな木の下で休んで「リンデンバウム」を歌ったり、ある日は香林坊を抜けて、犀川近くまで歩き回ったりした。

金沢の町はどこも美しい趣があって飽きない。歩きながら先生は私にいろんな本を読むようにと言う。勧められるのは、ジードの『贋金つくり』『贋金つくりの日記』『法王庁の抜け穴』、バルザックの『あら皮』、ツヴァイクの『ジョセフ・フーシェ』などなど、いかにも一筋縄ではいかぬ癖の強い作品である。私はとにかくガリガリ噛み砕くように読んだ。なぜこんな癖の強い作品を読めと言うのかはわからなかった。

後年になって、私は実に贅沢な個人授業を受けていたことにようやく気がつく。今でも手放せぬ本があるのだ。『贋金つくりの日記』は薄い岩波文庫だが、身近にないと不安になる。私の三歳年上の友人太田順子さんにはアランを勧めたと聞いた。彼女は豊かな文学的センスの持ち主で、『北国文化』が募集した小説の、最初の入選者であった。先生はそれぞれに何か適性を見て勧めていたようだ。彼女はそれ以後フランス語の勉強会のグループに入り、アランを読み始めるようになった。

散歩の供をするばかりではなく、浅野川べりのお宅へもたびたび伺った。お仕事で忙しかったかもしれないが、たいていは快く二階のお座敷で話し相手をしてくれた。その頃だ、先生の背後の床の間の、木のリンゴ箱を三個ほど積み上げた本棚の上段に、横文字の書物が並ぶようになったのは。後に世界的に有数と言われるヒマラヤ、シルクロード関係の蔵書の、始まりの姿である。私は何の本かわからないなりに、それが先生にとって大切なものだと感じ、それに比して本棚が粗末であることが気の毒だと、生意気にも思っていたのだった。

深田家には東京の出版社から毎月文芸雑誌が送られてきて、私はそれをいつも貸してもらっていた。堀田善衛の「広場の孤独」をはじめ話題の小説が載っていて楽しみだった。

ある時、大岡昇平の『俘虜記』を借りた。本の表紙は濃い青色で、周囲を白い唐草模様で囲んだ中央に白ヌキで表題が、裏には創元社のマークがある。そしてうろ覚えだが、たしか見返しに、「深田久彌様　大岡昇平」と、宛名と署名が太めの万年筆で記されていた。あっと思った。

(作家同士ってこうやって自分の著書を贈り合うものか……)

初めて見る贈呈本という物に思わず見入ってしまった。

この本は私にとって特別のものとなった。作者が戦場で親しくなった、有名な大正時代の評論家の息子Kとの会話、若いアメリカ兵が近づくのを無意識に銃の安全装置を外しながら見ている息詰まる時間、捕虜になってから戦死した日本兵の遺品の中にKと署名のある雑嚢《ざつのう》を見て、殺してくれっと叫ぶ場面——どんどん引き込まれた。ことに叢《くさむら》に潜んで、近づいてくる若いアメリカ兵の、まだ子供っぽい顔立ちの白い皮膚と薔薇色の頰を愛でるように見つめる場面は、切迫した状況にもかかわらず官能的で、強い印象を受けた。

借りた雑誌はたいてい教室へ持参して、講義の合間や休講のときに友人と話題にする。しかし『俘虜記』は持っていかなかった。持っていけばきっと男子学生の誰かがちょっと貸してくれと言って、それきり返ってこなくなる予感がしたのだ。友人の誰とも話題にせず、大事にお返しした。

後にPTAの読書会で読むことになって、改めて文庫本の『俘虜記』を入手したが、何故か初めて読んだ時より切実感が薄い。著者が書き直したのかと図書館で創元社の初版本と比べてみたが、それほど大きな改変はない。不思議なことだった。最初に読んでから、何人もの評論や感想を読みすぎてしまったからか。年齢によって、感じ方はいろいろ変わるのか。

戦前、先生はスタンダールをテキストにして、小林秀雄の弟子だった大岡昇平からフランス語を習っている。それ以前、昭和五年に東京本所区小梅町の堀辰雄の家の近くに住んでいた頃、堀からもフランス語を学んでいる。ポオル・モーランの『タンドル・ストック』をテキストにしたという(「堀辰雄君のこと」)。その後の先生のフランス語はすべて独習である。堀とは改造社にいた頃からのずいぶん親密な付き合いだった。

当時、そんな事情を私は少しも知らなかった。だから私が堀辰雄の小説『風立ちぬ』を読んだ感想を熱心に話すと、先生はおかしそうに

「あんな甘いものは……」

と少しけなされた。私はなおむきになって、

「いいえ、やっぱり死について真剣に向き合うのは、それはただひ弱いのではなくって、すごいことだと思います。リルケのように……」

などと言い返した。先生はいつものように私をからかったりせずに、黙って聞いていた。私は先生がわかってくれたと思い、少し嬉しかった。それは私の思い上がりだったことがすぐわかる。

先生は宇野千代が編集発行していた雑誌『スタイル』に「火にも水にも」という小説を連載していた。金沢、能登を舞台に三人の若い女性の友情と恋愛を描いたものだ。登場人物のモデルは、当時先生が講師をしていた県立保育専門学校の関係者や、そのころ金沢に出来たばかりの民間放送のアナウンサーの女性たちで、読みやすく楽しい作品だった。それを読んでいると、登場人物の一人が堀の作品『風立ちぬ』について、私がしゃべったことをそのままを話しているではないか。

(あっ、先生は……、作家って油断のならないものだ……)と気恥しい思いがした。

スタイル社からは、とうとう原稿料が入らなかったようだ。奥さんが「宇野千代さんが原稿料の代わりにと言って送ってきたのよ」と黒革の小型のしゃれたハンドバッグを見せてくれた。

原稿がすぐに収入になるとは保証されていない。作家生活の一番の痛い点かもしれない。郷里大聖寺にいた頃、深田屋のおばばちゃん、つまり先生の母上が奥さんに訊ねられたことがあったそうだ。「あの子の原稿料は幾らやいね」

奥さんは大事なお姑さんの質問ゆえ正直に答えた。

「一枚千円です」

おばばちゃんは、

「てんぽな……（大変な、とんでもない、の意）」

とびっくりされたという。当時の大聖寺人の金銭感覚からいえば高すぎて、おばばちゃんの驚きは当然だ。そのことを聞きつけた隣家の稲坂医師が、

「奥さん、奥さん。ここで本当のことは言わんように」

と注意したという。これは金沢にいた頃、奥さんから直接聞いた話だ。

「私は主人のお母さんに仕えなくっちゃいけないから」

と奥さんは楽しそうに話された。

昭和二十四、五年頃、一枚千円という原稿料は深田先生の経歴から見れば当然なのだろうが、そ

れはしっかりした出版社や大新聞からの依頼原稿であり、もっと安くてもいいから進んで文章を発表したい山の雑誌や、無料でも書きたい雑誌もある。スタイル社のように入ると思っても入らない場合もある。

そんな不安定な日々の中で「志は高く、暮らしは低く」が先生のモットーであったが、先生の家の家計はなかなか大変なこともあったらしい。《僕も山妻も金が入れば使いたい方で、月末に母に借金することも一度や二度でなかった》(「鎌倉文士都落ちの記」)と書いている。それに夫婦そろって客好きの陽気な人柄で、学生会や俳句の会の人たちも、深田家へ行けばいつも楽しく心豊かなものと思い込んで遠慮なくもてなしを受け、お腹も心も満ち足りた。大聖寺でも金沢でもそれは変わらなかった。金沢では丸善で毎月フランスの雑誌『ヌーベル・リテレール』を取り寄せて購読していたし、ヒマラヤ関係の書籍の広告を見れば注文していた。奥さんのやり繰りが大変であったのか、そうでなかったのか、作家の家計というものは当時の私には皆目わからなかった。

ある時奥さんが年度末の税金の申告をした後、

「何にも隠し事していませんから、疑ったりしないで、って税務署の人に言ってきたわ」

とせいせいしたように話したことがあって、事情を知らない私まで痛快な気持ちがしたものだ。当時金沢で、作家として原稿料で暮らしている人は深田先生一人だった。

私は大学をなんとか卒業したものの、予想通り就職口は全くなかった。たまに話があっても、四年制大学卒業の女子というだけで敬遠されてしまう。とうとう深田先生の紹介で金沢駅近くの目立たない場所にある、北陸新聞社でようやく記者見習いの職にありつくことができた。卒業から一年経っていた。

新しい新聞社だが、社屋は何かの工場だった古い建物だ。奥の印刷工場で輪転機の回る音が編集室まで響いていた。手が足りないのか、先輩の女性記者に原稿の書き方を教わると、もうその午後から教育委員会と労働省所属の婦人少年室、県立図書館長などに引き合わされる。帰りがけ、明日の準備にと鉛筆を五本綺麗に削って自分の机のペン皿に入れて帰ると、翌日には五本の鉛筆は残らず使われて、芯の折れたのが三本、汚れた消しゴムと一緒に乱雑にペン皿に投げ入れてあった。そしてその午後にはもう、東京から講演のために来ている評論家とか、婦人活動家などに取材に行かされた。

それは私にとってはよい勉強の機会になったが、どうやら先輩記者が気を遣う、堅苦しい取材を投げてよこしたものらしい。ただし時々深田家へ、依頼原稿を取りに行く役が回ってきたのは嬉しかった。それまではただ遊びにお邪魔するばかりだったから。

金沢大学の国文学の沢木欣一先生の奥さんは俳人の細見綾子さんだった。ロシア文学の小沼文彦先生は学生が少ないのでドストエフスキーの翻訳をしておられると聞いた。また金沢の数少ない女性の歌人や俳人たち、映画評論を書いてもらう文化人たちなど、次第に知り合いが広がっていった。戦後八年余りのその頃、金沢へ疎開してそのままとどまっている人たちと、旧制四高からの金沢大学の先生たちが交じりあって高度な知的階層を成し、深田先生は当然その中心に迎え入れられていた。小松伸六先生は「金沢は日本のワイマールだ」とよく話していた。

ある日、いろんなサークルの会合などを取材して夕方帰って原稿にまとめていると、終わる頃を見計らって近づいてくる中年の編集記者がいた。その人は詩人だと聞いていた。灰皿を持って無造作に私の前の空席に腰掛けると、煙草を吸いながら「馴れたかね」と声をかけてくる。「どんな取材をしてきた」とも言った。しかし彼が話したいのはそんなことではないらしい。

私にだけ聞こえるように言った。

「深田久弥はね、もう終わった人なのだよ、作家としては……」

えっ、と思うがその人の顔がまともに見られない。なんだろう、この人は何を言いたいのか……。聞こえないふりをしながら考えた。

「一軒の家に夫婦で作家ってのは、やっぱり無理なんだ……」

また、小声で言う。私が深田先生の紹介で就職したことを知っていて、それとなく教えてくれるらしい。私は何故かひやりとする。

「曾野綾子なんかも夫婦で書いてるようだけど、うまくいくかな……」

私は初めてその人の顔をまともに見た。曾野綾子は戦争末期にしばらく金沢に疎開していて、その間金沢の女学校で学んでいた。そのため私の周囲には彼女にごく親しい友人が二人いて、消息を聞かされることが度々あった。その名が出て、無視できない気持ちになった。まもなく後を追って有吉佐和子も華々しく作家活動を始める、そんな時代だった。

やがて先輩の女性記者Hさんが仕事を終えて帰ってくると、「やあ。ご苦労さん」と、煙草をもみ消しながら、編集記者は自分の席へ戻っていく。先輩は「何の話だったの」と不審そうに聞いた。夕方仕事を終えてから彼女に話すと、「やっぱり、その話ね」と予期していたようだった。そして深田先生はある事情で東京に居られなくなったようだ、と話が進んだ。私の首筋に先刻のひやりとした感触がよみがえる。親や学校の先生たちの庇護を離れて、世間の風に一人でさらされている心許なさを味わった。

どんな事情があるにせよ深田先生に迷惑がかかることはしていけないと思った。少し心細かった。


金沢でも深田家にはいろんな訪問者があるようだった。大学の小松先生や西義之先生など深田先生を囲む楽しいグループもでき、『あらうみ』という俳誌の集まりにも参加して、毎号随想を寄稿していた。能登の俳句のグループにも度々招かれたようだ。文芸誌や山岳関係誌への重要な執筆もあったので、かなり忙しい様子だった。それでも私が訪ねると快く以前のように話し相手になってくれたが、一度だけこんなことがあった。

昭和二十九年の初夏。仕事の帰りがけにいつものようにちょっと寄ると、先生も奥さんも在宅だった。二人とも和服で寛いでいる様子だが、なぜか雰囲気がいつもより重い感じだ。

「今日はちょっと忙しいから……」奥さんが言った。

「これを上げよう」先生が一冊の本を差し出す。

新しく出版された『あすならう・オロッコの娘』だった。私は奥さんから手渡されたその本をまじまじと見た。いつでも雑誌や本を自由に貸してもらっていたが、直接著書を頂くのは初めてだ。筑摩書房から出たばかりの〈現代日本名作選〉シリーズの中の一冊で、真新しい本の匂いがする。恩地孝四郎のさわやかな装幀だ。驚きと嬉しさできちんとお礼を言ったかどうか覚えていない。玄関先でいきなり開いて二、三頁めくると、そのまま胸に抱えて小走りに深田家を辞去した。振り返ると、二人で立ったままこちらをじっと見ている。いつものようににこやかではないその立ち姿が、今も眼に残る。新しい本が出たのに、何故あまり嬉しそうでないのだろうと、多少の違和感はあったものの、深くは考えられなかった。本が出るなんて特別なことで、普通の人にはあり得ない時代だった。

この本は、表題は『あすならう・オロッコの娘』だが、長篇小説『津軽の野づら』の〈チャシヌマ〉以下九章がまず並んでいる。その後に独立した短篇の扱いで「あすならう」「オロッコの娘」があり、さらに旧作の「G・S・L倶楽部」も併録されている。解説は先生の長年の友人上林暁《かんばやしあかつき》である。

私は先生から直接頂いたこの本こそ、以前から聞いていた有名な『津軽の野づら』だと思い込んで、何度も読み返した。何度読んでも、そこに深田先生がいて、津軽の女性たちが醸し出す、濃密な世界をわかりやすく語ってくれていて飽きない。しまいには、アイヌメノコ（アイヌの娘）チャシヌマのある一言が口癖になって、時々呟くようにさえなっていた。

しかし、後で知ることになるのだが、『津軽の野づら』の成立には複雑な背景があった。初めて単行本となったのは昭和十年、作品社からで、この時はまだ全四章の中篇である。翌昭和十一年の有光社版で後半五章が書き加えられる。昭和十四年の改造社版も全九章だ。それが昭和二十年の養徳社版からは冒頭に〈あすならう〉を置いて全十章となり、以降は昭和二十三年の新潮文庫、昭和二十九年の角川文庫と、いずれもその十章で定着している。

戦後の『津軽の野づら』の中で、なぜ筑摩書房版だけが全九章なのか。なぜ他社の本では一章の〈あすならう〉が独立した短篇扱いなのか。表題をなぜ『津軽の野づら』としなかったのか。しかもこの『あすならう・オロッコの娘』は角川文庫版『津軽の野づら』と発行日が同じ昭和二十九年六月三十日なのだ。

こんなことがその日の先生と奥様との浮かないご様子の原因であったかもしれないが、当時の私はどんな複雑な事情があったか、わかるはずがなかった。

3

先生は金沢でも多くの人々に愛され、訪問者が多い。頼まれて保育専門学校の講師をしたり、一日税務署長の役に任命されたり、国体の山岳部門の選手監督として参加したりした。家族登山もたびたび楽しんでいる。さらに中央から著名な学者や文化人が来ると懇談の話し相手に必ず引っ張り出される。旧知の柳田國男も来た。

ただ、郷党に囲まれて楽しく無防備でいられた大聖寺時代と少し変わって、幾分の緊張を要することもあったようだった。

昭和三十年の春頃か、たしか大きな出版社の企画だったと思うが、文芸講演会があった。東京から来る講師陣は、のちに初代文化庁長官をつとめる今日出海《こんひでみ》、作家の石川達三、それにどうしても思い出せないが少し背の低いずんぐりした人、そして地元からは深田先生であった。到着した講師たちは夕方の講演会の時間まで、金沢の有名料亭「つば甚」の座敷で休憩をとった。私は彼らの休憩中の歓談の様子を紹介するスケッチ風の記事を書くことになって、深田先生の後ろに少し離れて控えていた。今日出海と先生は古くからの友人で、実に楽しそうに冗談を交えて話が弾んでいた。どこかの新聞の記者が取材に来ると、石川達三は「はい、はい」と気軽に腰を上げて別室へ取材を受けに行く。それを見た今が言う。

「なんだ、あいつは……、少しも客を待たせておけない、町医者のような奴だな」

ああ、都会の文士ってこんな風な毒舌を吐くのだなと、私は今の嫌みのない物言いに感心する。

先生が立ち上がるとポケットからぽろぽろっとパチンコの玉が転がり出た。

「そらそら、明日の新聞に書かれるぞ」とまた今が言う。先生もちょっと照れていらした。

気になったのは、ずんぐりしたもう一人の人だ。その人は座敷の縁に置かれた応接セットの椅子にゆったりと深く腰掛けて、開け放った窓から遠い河北潟やそれより遠くに光る日本海をじっと眺めていた。金沢には珍しいよく晴れた日で、靄《もや》がかかっていたが見通せた。私がいた一時間余りの間、その人だけ一言も喋らなかった。知らない仲ではないらしく、先生も少し気にしているようだ。だがその人は、ついに最後まで先生の方を見なかった。

時間がきて私はそっと座を外して新聞社に戻った。仕事がほかにもあって、その文芸講演会はとうとう聴きに行けなかったので、その人が誰であったか、分からずじまいだ。

ただ、ずい分のちに、雑誌のグラビアを見ていて、あの人は河上徹太郎だったのではないか……と思うようになった。

河上徹太郎と深田先生は『文學界』出発当初からの親しい仲間のはずだ。とすればあの「つば甚」での沈黙は気にかかる。私は事情を知らないなりに、その時先生がなぜか気の毒で、つらかった。その人が河上であったかどうかは確かめようがない。六十余年前の記憶でかなり怪しいが、先生より少し背が低く、ずんぐりした人が、その時一言も先生に声をかけなかったことだけは忘れられない。

翌朝、今日出海が帰る汽車を見送りに金沢駅まで行くと、深田先生の奥さんも来ていて、親しく懐かしそうに、今と話し込んでいた。

見送った後、電車の停留所まで奥さんと一緒に歩いた。

「若いころ家が西片町のご近所でね、今《コン》ちゃん、今ちゃんって言ってたのよ」

と話して下さった。久しぶりに旧知に会って、昔と変わらぬ雰囲気で話が出来たせいか、とても明るい様子だった。

昭和二十六年に金沢へ引っ越して間もなく、先生は『新潮』（七月号）に「鎌倉文士都落ちの記」という随想を発表している。その前半部分に《こういう題で田舎から都会を見た感想を書けという編輯者の課題》だとある。しかし最後の部分で《文字通りのこの草稿を、僕は題を附けずに編輯者に渡さう。せめていくらかなりと商品価値の出るやうに、せい〳〵アトラクティブな題をつけて頂から。貼札は俗つぽいほど効果がある》として、最後に

名月や江戸の奴らが何知つて　一茶

と辛辣な一茶の句で締めくくっていた。

この短い随想は東京嫌いで有名な先生の、痛烈な東京批判に満ちた反骨の文章だった。しかも人柄そのままの、明るい諧謔と愛情に富んだ一文だ。発表された当時、一茶の句までを一息に読んで、楽しくなった。「鎌倉文士都落ちの記」という皮肉な題も、文末にある通り《題を附けずに》編集者に渡したのではなく、先生がへそ曲がりぶりを発揮して、自分から提案したに違いない。もし旧知の文士仲間が読んだら「深田、田舎にいても相変わらずへこたれていないな」と言うのではない

か、と思わせるものだった。
けれども世間はそうは取らなかっただろう。

今の生活にしたつて、別れた前の妻との事を書かねば、正直な告白とは言へないだらう。だがそれは御勘弁願ひたい。自分が恥つ曝しになる位の勇気は持つてゐるつもりだが、彼女の非凡な性格や自分の気持を、今のところ間違ひなく語れる落ちつきがない。

とあるところに金沢の人々の眼は引っかかってしまったにちがいない。

田舎へ引つこんだいろ〳〵な理由の中には、一種贖罪的な気持（と言つては大げさだが）も無くはなかったが、これとて取り立てるほど確かではない。

ともある。自分の恥はめったに人目にさらさない、体面を重んずる金沢の人たちは、先生の率直で破綻を恐れない文章をむしろ恐れたことだろう。あるいは太宰治や織田作之助の破滅型の生涯を見た後であるから、文士とはこんなものか、と思ったかもしれない。

私は自分の精神には三重カギをかけたいようなプライバシーはあるが、現実の生活には覗かれてやましいものは何一つない。（「自然なものが好き」）

と先生は文章にも書き、「七重に鍵」と常々語ってもいた。その頃、金沢で原稿を書いて暮らしを立てる本職の作家は深田先生だけであったし、先生の言動は注目を集めるに十分だった。

戦争末期から金沢やその周辺に疎開していた文化人や作家があった。しかし敗戦後たいていは東京に帰り、小松市に森山啓、富山に岩倉政治などが残っているくらいで、まだ作家生活は中央でないと成り立たないというのが常識の時代だった。

中央という抽象的な場所はない。主に東京とその周辺を指す。だから金沢では一向に腰を上げない先生の存在は、逆に目立った。しかし先生は全く気に掛ける様子はなく、依頼された原稿を書き、機会を逃さず登山に出かけ、俳句関係の付き合いも欠かさず、その合間に、フランス語の勉強のため丸善を通じて取り寄せた雑誌を読み込んでいた。

その雑誌に紹介されていたフランス登山隊のヒマラヤ登攀《とうはん》記、モーリス・エルゾーグ著『アンナプルナ』を早速購入した先生は、数日かけて読了すると、日本山岳会の会報に読後感想を寄稿している。当時は各国でヒマラヤ登山が盛んになり始めた時期である。ニュージーランドの登山家ヒラリーがヒマラヤ山脈の高峰エヴェレストに初登頂したのも昭和二十八年五月のことだ。先生はヒマラヤ関係の本が出版される情報が入ると逃さず購入し、山岳雑誌『岳人』に「机上ヒマラヤ小話」（のち「ヒマラヤ雑記」と改題）を連載し始めた。深田家の二階の本棚に、一冊ずつ分厚い本が増えていくのを私が見た頃だ。この時期の先生の文学作品は、戦前の『親友』や『知と愛』などの意欲的長篇よりも、読みやすい中間小説が多くなったが、ヒマラヤに関する著述は、先生以外の作家の誰もが為しえない大きな仕事となっていった。

昭和二十八年には、内灘《うちなだ》試射場反対闘争が始まった。金沢郊外にある内灘海岸の広い砂浜に、占領軍の試射場が建設されることになって、激しい反対闘争が全国規模で展開された。先生はこれにつきかなり長いレポート「内灘試射場」をその年の『群像』（九月号）に発表している。普段は政治的な事柄とは距離をおいていたが、今読んでも当時の基地闘争と、金沢市及び石川県の政財界の騒然とした有様が生々しく感じられるレポートだ。

すっかり金沢に腰を落ちつけた形の先生を見て、深田さんはもう金沢の人になったと思った人があったかもしれない。ある晩、金沢大学の小松伸六先生のお宅で集まりがあった。出席していた新保千代子女史が先生に言ったらしい。

「お友達の皆さんがほとんど東京へ帰られたのに、そんな呑気にしていらしていいのですか」

周りの人ははっとしただろう。新保女史は地元では有名な歌人であり、後に金沢に「石川近代文学館」を作り上げた女傑だが、辛辣な洞察家で、臆面もないところがあった。

その夜、帰り道が同じ方向の太田さんは先生と途中まで一緒だった。先生は、

「新保さんにあんな風に言われて、動揺した自分が許せない」

と彼女に言ったそうだ。後日太田さんから聞いた時、私はその夜の会の雰囲気をすぐに察した。

そして彼女から初めて、先生と先の夫人、北畠八穂との経緯を詳しく聞いた。冷静な話しぶりに、私も特別に身構えることなく、素直に聞くことが出来た。

北畠八穂はかつて『改造』の懸賞小説に応募したことがあり、改造社の編集部で原稿を下読みしていた先生がその稀な才能を見出し、青森まで会いにいって結婚した人で、志げ子夫人はそれより以前に、先生がまだ第一高等学校の学生だった頃の初恋の女性であるという。長い間、不思議だ、不思議だと感じ続けた結び目が、一つ解けた。以前、「深田先生の奥さんは女流作家だよ」と言った母の言葉が甦った。あれは八穂を指していたのだ。

続けて聞いた話も思い当たるものだった。先生の出世作と言われる『津軽の野づら』の本当の作者は北畠さんなのだと、文壇で話題になっているというのだ。いつか聞いた「深田氏はもう終わった人だよ……」という編集記者の囁きを思い出す。

でもね、と太田さんは言葉を続けた。

「私が読んだところでは、北畠さんの欠点の多い下書きを先生が優れた作品に仕上げられたのが本当のところだと思うわ」

『津軽の野づら』のすべての章が含まれる『あすならう・オロッコの娘』を私は何度も読んでいたが、そんな事情は全く知らなかった。何度読んでも私には先生の文章が感じられた。

何故他人の作品を自分のものとしたなどといわれるのか。それに病気の奥さんを一人ぼっちにするなんて……。あの温かい先生が……。長い間の不思議が一つ解けた代わりに、別の疑問が私の心に巣食いはじめる。その後も考え続けねばならぬ重い問いになっていった。

先生一家が上京する話は全く突然に起こった。昭和三十年の初夏の頃だ。ほんの四、五日前に、「今度『新潮』にジュリアン・ソレルを書くよ」と聞いたばかりだった。上京すると聞いて急いで伺うと、ちょうど客が帰ったところで、テーブルにビール瓶が並んでいる。

「新聞に出てから僕はビールの飲み続けだ」

奥さんが留守だったので私は空瓶やコップを台所に運んで洗って帰った。客は親しい方もあり、それほどでない人も名残を惜しんでやって来る。空き家を探すからと引き留めに来る人もあった。浅野川べりの住宅を空けなくてはならない事情ができ、東京にある奥様の実家の持ち家がちょうど空いたのだという。昭和三十年当時の東京の住宅事情を考えれば、めったにない機会だった。東京嫌いの先生は日本文化の深層ともいえる関西に住みたいと書いていたことがあり、また山に近い信州松本にも心惹かれていた。しかしそんな贅沢を言っていられる時代ではなかった。

先生を囲むお別れ会が何回も催され、私も二度加わった。一度は兼六園入口にある茶店の二階座敷であった。

親しかった小松伸六先生はすでに東京の私立大学に移っていた。西義之先生の他四、五人の気の置けない人たち、女性は太田順子さんと私であった。先生は歯の治療中であったが、好物のうなぎを喜んで召し上がっていた。西先生がこっそり色紙を二枚準備していて、私はこんな時に色紙に揮

毫を依頼するものだと初めて知った。硯と筆が整うと、先生はすぐ一枚に、

西にとをざかりて雪しろき山あり

と平家物語からの一節をためらわずに書いた。『日本百名山』の「北岳」にも出てくる先生の大好きな一節である。もう一枚には、

石をもて追はるる人に銀河濃し　九山

と自作の句を書くと、左後ろからのぞいている私を見て、

「僕は何も追われてるわけじゃないけどね」

いたずらっぽく言った。他の出席者の名前も顔も思い出せないが、親密な遠慮のない雰囲気だった。


もう一つの送別会は、尾山町辺りにあった商工会議所か繊維会館の、二階会議室だったと思う。すべての準備を西先生が整えられて、大学の法文学部長だったドイツ文学者伊藤武雄先生が主催者の役。小松市に住んでいた作家の森山啓氏はじめ英文学の大澤衛、国文学の沢木欣一など大学の諸先生、女性陣は沢木夫人である細見綾子、歌人の新保千代子、芦田高子、森美禰さんたち、それに

太田さん、民放アナウンサーの金森女史など、当時の金沢で文学や文化的な仕事に携わる人たちが集まり、私も末席に連なって先生と志げ子夫人をお招きした。

ビールと軽食だけのささやかな会だが、和やかで控えめな、気持ちのいい集まりとなった。穏やかな伊藤先生の歯切れのいい挨拶の後に、深田先生がお礼の挨拶に立つ。

「このような会で我々夫婦がメインテーブルに座るのは初めてです」

開口一番に言った。私はどきっとして、顔が上げられない。なぜここでそれを言うのかと、つらくなった。事情を知っていても、そっと知らぬ顔で済ませるのが金沢のいいところでもあるのに……。でもそれが深田流なのだ、と気がつく。

次に福井中学の同級生で、文学的にも同時代に出発した森山啓氏がスピーチした。学生時代には同じ同人雑誌『裸像』に属し、『文學界』でも一緒だったはずだ。その後森山氏は中野重治たち左翼系の文学グループに入り、深田先生は鎌倉に多く集まった新興芸術派の作家グループの有力な一員となった。

森山氏は病気がちで、小松市で静かに暮らしていた。氏は長い病臥中に、深田夫妻の見舞いを受けた時の様子を坦々と話した。

「深田君からなにがしかの援助を申し出られたが、僕は黙って壁を向いて、一言も発せず寝ているだけだった……」

と当時の苦しい胸の内を率直に明かした。その時の部屋には、西日がかっと当たっていたのではなかろうかと、私は勝手に想像した。旧友同士の切ない胸の内と、それ故に譲れないものがあったろうと思われ、しんみりとした雰囲気になった。

幾人かの送別の言葉のあと、締めくくりに細見綾子さんが立った。

「所用の帰り、市電に乗っていて味噌蔵町辺りを通ると、深田さんが懐手をして歩いていらっしゃるのを時々お見かけしました。あ、深田さんだなと思い、帰宅して家人に報告します。するとその日一日、何かいいことがあったように思われたのです」

その場のみんなの気持ちを代弁しているような、いいスピーチだった。

最後に志げ子夫人が挨拶に立って、

「いろんな方が、ご親切に住まいを何とか紹介して下さって、引き留めて下さったのですが……何か私が無理に主人を東京に連れて行くようで皆様に申し訳ない……」

と、涙ぐんで途切れがちに話された声が今でも甦ってくる。


先生一家の出発は誰も知らなかった。いつ御発ちですかと聞かれても、

「都合よく間に合った汽車に乗って、いい山が見えたらその山に登って、そしてまた汽車を乗り継いで、そんな風にして行きます」

と答えていた、その通りだったのではないか。「ジュリアン・ソレル」はその前後の『新潮』に載った。

落ち着かれた後、葉書を頂いた。「一度東京に遊びに来るように」とあった。同人誌仲間の内、葉書を頂いてすぐ上京して訪ねた人があった。太田さんと私は「先生が編集者に囲まれて賑やかにしていらっしゃる時はお邪魔したくないわね。退屈していらっしゃる時こそ伺いたいわ」と話し合った。先生一家が上京の後、しばらくして沢木欣一、細見綾子夫妻が上京し、やがて西義之先生も東京大学へ赴任された。金沢は少し寂しくなった。

昭和三十三年の正月三日の朝日新聞で、深田先生を中心に四人の方がヒマラヤ遠征するという記事が、一面のトップニュースになった。《ヒマラヤへ弥次喜多道中　深田久弥氏ら四人》という大見出しだった。それまでの経緯も事情も何も知らないまま、私はただ嬉しかった。

やっぱり先生は上京するとすぐ、こんなすごい計画が持ち上がる人なのだ――そう思った。

三章　めぐりあわせ

1

昭和三十年の秋ごろ、北畠八穂が「日本読書新聞」に短い文章を寄せている。昭和二十七年の大晦日に阪神六甲駅で飛び込み自殺した若い女性作家を悼む一文である。弱冠十八歳で書いた「ドミノのお告げ」（昭和二十五年）が芥川賞候補作となったその人は、名前を久坂葉子という。富士正晴の主宰する雑誌『ヴァイキング』の同人で、神戸の名門の富裕な家の娘であった。「ドミノのお告げ」は、その家のどこか頽廃的な雰囲気を色濃く描いていて、十八、九歳の作者とは思えない大人びた暗い作品だった。絶筆となった「幾度目かの最期」には、冷たい恋人に寄せる心情が直に表現されていて、追い立てられるような切実さを感じたものだ。

その久坂の名に惹かれてこの追悼文を読んでみたのだったが、その中に頭に残る一節があった。

かくことに於ては、不健康を達者にかく、すこやかさをもっていたのだ。（略）動き過ぎる活発な若さに、おいしく食べさせる本は、少なくなかったはずだ。仏法あうこと、まれなりなのか。

（「探してもこの世にない落丁」）

少しわかりづらいが、「頽廃を達者に書く健康な筆力を持ちながら、活発な若さをやり過ごすための、おいしい書物はなかったのだろうか」ということだろう。その少し風変わりな表現が、不思議な説得力を持って心に響いた。それを書いたのが北畠八穂だった。当時の私はすでに深田久弥の先妻としてその名を知っていたので、意外な出会いに少し驚き、筆者の人柄を考えるきっかけになった。その人は活発な若い時期をあまり持たず、苦しいつらい時期を、豊かな書物を読むことで切り抜けた人ではないかと感じた。

北畠八穂は明治三十六年（一九〇三）十月五日、青森市莨町《たばこまち》で生まれている。深田と同年である。本名は北畠美代。父慎一郎は農商務省の青森大林区署（後の営林署）に勤める役人で、母いよは敬虔なキリスト教信者であった。一人の姉、三人の兄を持つ末娘である。三人の男の子の後の、待望の女の子であったため、両親に溺愛され、兄姉たちから存分に可愛がられて育った。父からは宝っ子マユチンとかマコと呼ばれ、また父方の祖父母、母方の祖母からも惜しみない愛が注がれた。後年、八穂の書いた作品には、祖父母たちから聞かされた多くの話が形を変えて繰り返し語られる。それは彼女の創作の源泉となったようだ。

物心ついたころ、姉ちよはすでに上京して、青山学院英文科の生徒であり、兄は仙台市にあった第二高等学校の理科生、次兄は中学生、三兄は小学生であった。父はその時代の役人らしく、教養のある、さまざまな勉学を怠らぬ努力の人であったようだ。八穂は幼時から父が創作した話を聞かされ、母から『幼年画報』を読んでもらい、キリスト教のエス様の話やあまてらすおおみかみの話、日本の昔話を聞かされた。姉からは外国のおとぎ話、長兄からは天体や星座の話、次兄からは聖書の話、末の兄からは当時の少年らしい曾呂利新左ヱ門、猿飛佐助、児来也《じらいや》の話などを聞かされた。祖父母からも津軽の昔話や日本の古典、「鉢木」「羽衣」「隅田川」など謡曲の物語ほか多くの話を聞いて育った。

身近の人たちから様々な方面の知識を与えられ、多様な文学的イメージの種を植え付けられたことは、後の八穂の活動を考えるうえで重要なことである。殊に青森郊外に住んでいた父方の祖母は新潟の学者の娘で、教養豊かな詩人的資質のあった人らしい。休みの日に遊びに来る幼い八穂を心待ちにしていて、寝物語にさまざまな話をして聞かせている。土曜日に幼い八穂が兄たちと郊外の祖父母の家に行くと、祖母が家の前で手を広げて待っている。祖母の背後には、開け放った扉の間から囲炉裏の火が燃えているのが見える。それが幼い日の八穂の、幸せの原風景であった。八穂は晩年までこの祖母との多くの思い出を、身を震わせるような甘い記憶として反芻し、作品の中で形を変えて繰り返し書き続けている。明治後期から大正期にかけての地方都市にあっては、数少ない豊かな、教養ある一族といえる。

八穂自身は幼い頃から鋭敏な感覚をもつ、病気がちの子であった。反面、思いがけない発想をすぐ行動に移して友達をリードするような、男の子との喧嘩にもたじろがない、まことに活発で勇敢な女の子であった。大正六年（一九一七）、小学校を卒業して県立青森高等女学校に入学、卒業すると大正十一年には上京して実践女子高等女学校の国文専攻科に入学している。後年八穂が《まるっきり無病な時期は満十二歳から十九歳の間、女学校と専攻科頃まで、七年きりだ》（「病気」）と書いている時期である。

八穂が上京した二年目に、故郷の家は父が役人を辞してから始めた材木商が行き詰まり、また火災にも遭う不運が重なった。さらに健康上の理由と、東京の空気や実践高女の良妻賢母的な校風になじめないこともあって退学し、八穂は父に連れられて帰郷した。そして家計を助けようと東津軽郡の小学校代用教員になり、三つの小学校に次々と勤めた。

大正十五年一月、浅虫尋常小学校に勤めていた時に病のために退職する。生涯八穂を苦しめ続けた脊椎カリエスの発病であった。その時のことは『津軽の野づら』の〈あすならう〉の章の後半で、小説の形をとっているがかなり詳しく知ることができる。

病との苦しい闘いは、繰り返し作品や思い出の中に書かれることになる。ある時はカリエスによる膿瘍が腫れ上がって、左足の付け根あたりのしこりから脱脂綿一袋がどっぷりと浸るほどの膿が出る。その時激痛に見舞われるという苦しみを幾度も経験し、ほとんど左足は歩けなくなった。この病は八穂を長く苦しめた。

それが一時回復したように見えた昭和二年（一九二七）、雑誌『改造』が初めて行った懸賞小説の募集に八穂は百三十枚ほどの作品「津軽林檎」で応募した。一等の賞金が千五百円というのに惹かれたという。実は八穂には以前主婦の友社が募集した「働く女」という課題の作文に応募して当選し、米四俵分の賞金を得た経験があった。改造社の賞金は大きな魅力だった。父の営む材木商が傾いているときで、家計を助けたい一心だった。

この時帝大生の身分のまま改造社に勤め、応募した創作原稿の下読みをしていたのが深田久弥であった。

深田は荒削りで渾然とした出来映えではないが、天才的なひらめきを秘めている八穂の作品に目を留め、最終審査員の一人佐藤春夫にこれを届けて賞賛の言葉を得る。しかし残念ながら翌三年四月号で発表になった当選作の一席は龍胆寺雄の「放浪時代」、二席は保高徳蔵の「泥濘」であった。八穂の作品に惹かれた深田は彼女に手紙をだし、青森まで会いに行く。その後、度重なる文通の間に、二人は互いに惹かれあうようになる。仕事もなく文学上の友人も周囲にいない八穂は、深田を頼って上京する気持ちを固めていった。やがて迎えに来た深田と共に両親には無断で上京し、千葉県我孫子の手賀沼のほとりで同棲し始め、深田はここから銀座にある改造社に出勤するようになった。実践高女の専攻科に在学中、東京のせわしい空気になじめなかった八穂が、いきなり東京に住むのは無理と考えたのだろうか。最初に我孫子に住まいを定めた理由は定かではない。

我孫子は当時から北の鎌倉と言われるような、風光の美しい別荘地であった。二人が落ち着いた高台の住まいは、かつて民藝運動の柳宗悦が住んだ家である。その高台からは手賀沼を隔てて遠く富士山が見える。そして毎朝、東京へ出勤する時、常磐線で江戸川を渡るころ、北の方に日光の山々が見えるのが楽しみだったと、後年深田は振り返っている。昭和四年、二人が二十六歳の年であった。

八穂は作家になりたいという確固とした目標は持っていなかったようだが、むしろ深田の方に、八穂を作家として育てたいという編集者的な気持があったように思われる。そして大正から昭和初め頃に、適齢期の子女を都会へ連れ出すには結婚の形がもっとも自然で、周囲を納得させやすいやり方である。二人は二十年近くを共に過ごし、離婚以後それぞれ個性豊かな作家になっていく。

ちなみに昭和四年、改造社の第二回懸賞に「様々なる意匠」という論文で応募したのが小林秀雄であった。改造社は第一回の懸賞小説が成功したので次の年、文芸評論を募集したという。一席になったのは宮本顕治の「「敗北」の文学」で、小林は二席であった。しかしこの作品は同年『改造』(九月号)に掲載され、小林の実質的な文壇デヴューー作となった。この時も応募原稿の下読みをしていたのが深田久弥である。小林は年齢も大学も深田の一年上であり、共通の友人はあったろうが、生涯にわたる友人となったのはこの時期からである。

深田久弥は明治三十六年(一九〇三)三月十一日に、石川県江沼郡大聖寺町中町(現加賀市)の深田屋という屋号の紙商、印刷業を営む家に生まれた。北畠八穂とは同年の生まれである。父は彌一、母はトメ。三人の姉の後に生まれた長男で、戸籍の届出は「久彌」である。久弥の後に二人の弟と一人の妹が生まれたが、弟の一人は早世した。

深田は幼時から頑健で快活、向日性に富む気質の持ち主であった。小学生時代はほぼ皆出席。五年生の時、「記憶力、想像力ニ富ミ、作文ヲヨクス」、六年では「快活ニシテ剛毅、社会的知識ニ富ム」という評価が伝えられている。しかし操行（品行、日頃の行い）はいつも上位ではなかった（『加賀の文化』第五号）。

この元気のよい、読書好きの少年は小学六年（十一歳）の夏、学生会の先輩たちが行う富士写ヶ岳《しゃがだけ》登山に初めて参加した。富士写ヶ岳は大聖寺郊外にある。《私の四十年に近い登山史を書くとしたら、その第一ページを飾る山は、わがふるさとの富士写ヶ岳だろう。（略）その名のとおり富士山を写したような形である》（「わが故郷の山」）と早くに深田が書いているように、名の通りの美しい山で、人々に親しまれている。標高九百四十二メートルの山頂から日本海、白山を眺め、江沼郡一帯を俯瞰したことが、後年山の文学者と言われるようになる深田の第一歩となった。その時、「学生会」の大先輩で当時旧制一高二年生の津田秀栄から脚の強さを褒められたことも子供心を大いに喜ばせた。大聖寺学生会が、旧藩時代からの手厚い文教政策の遺風による、まとまりのいい学生たちの団体であったことは二章にも書いた。

大正五年に深田は小学校を卒業するが、当時まだ大聖寺に中学校がなく、母親の故郷福井市の福井中学校に入学する。この中学校は幕末に名君として知られた松平春嶽の創った藩校明新黌《めいしんこう》をその前身として、歴史の古さと質実剛健な気骨のある校風で知られていた。深田はこの学校の寄宿舎に入ったり、伯母の家で下宿したりしている。一年生の夏休みには、福井市から大聖寺の自宅までの三十二キロを一人で歩いて帰り、家族を驚かせた。その頃から歩くことの魅力に目覚めたようだ。そして休暇中には学生会の行事で、先輩の高等学校生たちと、大聖寺周辺の山々、鞍掛山、大日山その他に登った。また海浜での合宿など、学生会の行事には、第一高等学校を卒えるまで欠かさず参加したようだ。

中学一年の夏に福井市から故郷の大聖寺まで歩き通した経験は、深田にとって体力ばかりでなく精神的にも大きな自信となった。週末、日曜日には一人で福井周辺の山々に登るようになる。その頃はまだ登山用のリュックや靴などはない。通学用の白い木綿の肩掛け鞄、菅笠《すげがさ》、脚絆《きやはん》、草鞋。雨具としては着茣蓙《きござ》を持つ。着茣蓙とは茣蓙を二つ折りにして頭と体を覆う、雨合羽の一種である。それらを彼は祖母の家の玄関に常備しておき、休日の朝には身につけて福井市から日帰りできる範囲の《見える山々を一づつ登り了せていくのが無上の楽しみであった》（「歩く喜び」）という。そして《登っているうちにだんだん山に対する目がひらけてきた》（同）とも書いている。後に『日本百名山』その他に結晶する深田の山や風景に対する鑑識眼は、こうして幼い頃より培ったものである。古くから宗教的な意味や狩猟・木こり目的の登山はあったが、スポーツとしての登山が世間に広く認識されている時代ではない。中学校に山岳部があるわけでもない。十二、三歳の少年が、五万分の一の地図を手掛かりに考えながら、先導者もなく一人でひたすら歩きまわり、登るのである。

中学時代の深田が使った地図を見ると、大聖寺、永平寺、三国、福井の四枚の地図に無数の赤線が引かれていて、歩き回った跡を示しているという（残念ながら現在この四枚の地図の所在は不明である）。その年齢で、誰からも指図されずに一人で歩き回り、多くの山々を「登り了せ」たことが、物事に動じない、滅多なことではへこたれない、強靱な、彼の精神を作り上げていった。

中学三年の夏に、学生会の先輩に連れられて白山に登ったのが、深田の本格的登山の始まりとなった。この白山登山は福井県勝山側から登りはじめ、石川県小松の方面へ下る道をとった。

越前の勝山から谷峠を越えて牛首で一泊し、さらに白山温泉で一泊し、翌日室堂まで登つて泊つた。（略）

帰りは中学生の勇気で、その頃一般の人のあまり通らぬ尾添《おぞう》へ出る道を選んだのだが、終日雨にたゝかれて、長い尾根、それから大きな石のゴロゴロした沢をうんと歩かせられて、始めて僕は登山といふ艱難《かんなん》な試練をくゞつたやうな気がした。

（「加賀の白山」）

この登山では谷峠で大雷雨に見舞われ、室堂では寒さの中毛布も何もなく、炉の煙にむせながら眠れぬ夜を過ごした。翌朝暗いうちに日の出を拝もうと出発したものの、大汝峰《おおなんじみね》に登ったが霧雨で何の眺望も得られなかった。寒い中を早々に尾根伝いに下り始めて夕暮れに尾添に出た。しかし泊まる金もなくそこから更に七里ほど、居眠りしながら歩いて小松駅に辿りついた。夜明けから夜十時まで、険しい山道を二十里近く（ほぼ八十キロ）歩きづめという、中学生にとって苛酷すぎる登山となった（「ふるさとの山」）。

この時深田を白山へ連れて行った稲坂謙三は、山に関して深田に大きな影響を与えた五歳年長の先輩である。家業を継いで医師となり、終生深田を支えつづけた稲坂は大正十年、名ガイド佐伯平蔵らと白山から北へ、笈ヶ岳《おいずるがたけ》、大笠山《おおがさやま》を経て大門山まで、カンジキを履いて縦走したという白山登山史上の記録を持つ。山に登った後は必ず文章に残すという深田の習慣も、稲坂と共に身につけたものである。

深田はまた『文章倶楽部』などの雑誌にたびたび文章や短歌を投稿し入選する、読書好きの中学生でもあった。その頃、出版された一戸直蔵・長谷川如是閑・河東碧梧桐の共著『日本アルプス縦断記』（大正六年）を熟読して、後々まで手放さなかったことを後年回顧している。

日本アルプスを大勢の人夫を率いてテントを張りながら踏破するという記事は、田舎の中学生にはまるで夢のような手の届かない話であったが、興奮した。中学生の時から持っている本と言えば、これ一冊かもしれない。

（「山の本」）

当時、大阪朝日新聞の社会部長だった長谷川ほか二人の登山者と荷物を運ぶ人夫が数人、合計十二人で一週間アルプスを歩き続けるには草鞋百五十足を要し、それを運ぶのにもう一人人夫が必要だったという、そんな時代の『アルプス縦断記』に山好きの中学二年生は夢中になっている。

大正十年に中学校を卒業して、金沢にある第四高等学校を受験するが、不合格となり、三か月永平寺に籠って受験勉強した後、翌年第一高等学校に合格した。この受験の後に、東海道を歩いて下り、京都、福井を経て大聖寺の自宅に帰ると、合格通知が先に届いていたというのがよく知られた話である。

一高では文科乙類に入りボート、柔道部の選手になったが、二年になると文芸部に属しここで多彩な友人を得る。その一人、俳人の柴生田稔《しぼうたみのる》の手引きによって俳句に興味を持つことになる。子規の俳論を夢中で読み、芭蕉の句を毛筆で清書した。その清書稿は今も残っていて、遺著となった『九山句集』の見返しで見ることができる。俳句は終生、深田の文学の大切な一部分となる。

大正十二年、二年生の時、本郷通りでテニスのラケットを持ったほっそりした美少女に出会い、心を惹かれる。彼女はお茶の水にある東京女子高等師範学校（現お茶の水女子大）附属高等女学校の生徒であった。深田は下校する彼女の姿を見たいとしばしば通りで待ち受けるようになる。そして出会えなかったときは落胆して、喫茶青木堂の二階の窓から通りを見下ろして溜息をつくのであった。この美少女が、後年深田夫人となる木庭《こば》志げ子の可憐な姿であった。

大正十四年、北陸三県（福井・石川・富山）から東京帝大に学んでいる中野重治、森山啓ほかの学生たちが創った同人誌『裸像』（第四号）に発表した「途上戯画」というオムニバス形式の短篇の中で、深田は志げ子との出会いを作品化している。

木庭志げ子は本郷西片町《にしかたまち》に両親と三人の弟と住む、テニスと水泳の好きな快活な女学生だった。

深田は憧れの人の家の周囲の住宅地を思索しながら歩き回る学生としての自分を描いている。二人は出会っても眼をそらすような仲であったが、志げ子は学生服姿の深田の風貌を細部までよく覚えていた。それまで山登りと徒歩による放浪の旅と、文学活動で埋められていた汗臭い深田の年譜の中に、これが初めて現れる女性像である。年譜のその部分だけ匂うようだ。しかしこの時、恋は実らなかった。

大正十二年九月一日に関東地方は大震災に見舞われ、一高の校舎は焼けて駒場へと移り、西片町に住んでいた少女の家も移転したのか、深田はそのまま相手を見失ってしまったようだ。

短篇小説「途上戯画」がどんな評価を得たのかわからないが、後年、深田は《この雑誌〔『裸像』〕が始めて僕を文芸の方に近づけたと言っていい》（「同人雑誌時代」）と書いている。

一高を四年かけて卒業すると、深田は大正十五年に東京帝国大学文学部哲学科に入学した。大学に入っても彼の登山熱は衰えず、新しい登山靴を誂え、その年も八ヶ岳、朝日岳、薬師岳、尾瀬ヶ原、至仏山、赤城山その他へ友人や後輩を誘って登っている。さすがに脚絆、草鞋の時代ではなくなった。やがてリュックザックも誂えて作っている。

一方で東大文科・一高系の同人誌『新思潮』に依って文学活動を盛んに行った。昭和三年には「父の秘密」「実録武人鑑」などの作品を発表して、横光利一や正宗白鳥の評価を得ている。後に深田はそのことに励まされことを感謝している。《何気ない大家の一瞥がどれほどの勇気を与へることか！》（「出世作前夜」）。また昭和二年秋には大学に在学中のまま改造社の社員となった。偶然、雑誌『改造』に載っていた新社員募集の広告を見て、《一種の野次馬的根性から》（「一編集者の思い出」）応募して採用されたのだ。そして同社が初めて行った懸賞小説の応募原稿を下読みすることになった。北畠八穂がこの懸賞小説に応募して、深田との出会いにつながったことは前述の通りである。

2

新潮社の元編集者小島千加子が著書『作家の風景』に書いている。

奇妙なことに、H氏の二度目の妻となった人は、目鼻立ち、肌の色艶、髪型をひっくるめ、雰囲気が八穂先生と似ていた。川端康成夫人も、「そっくりなのでおどろきました」と言われたことがある。抑揚こそ違うがハキハキした物言いも似通っていた。

（「北畠八穂」）

いつか大聖寺の稲坂医師の次女K子さんが「今の奥さんと北畠さんは写真で見るとそっくりなのよ。びっくりしたわ」と話してくれたことがある。その後新潮社の『昭和文学アルバム（1）』に載った写真を見つけて、驚いた。それは昭和十年の夏、霧ケ峰で小林秀雄夫人らと写した一枚で、和服姿の八穂はひっつめた髪型で、ほっそり痩せて俯いている。大聖寺で私が初めて出会った頃の志げ子夫人となんとよく似通っていることか。写真の写り具合によるのかも知れないが、稀有なめぐりあわせと思わずにはいられなかった。
さらにその写真には、かつての小林の恋人長谷川泰子と、後に深田夫人となる志げ子の弟の木庭一郎（中村光夫）まで写っている。木庭は学生時代から友人と鎌倉で暮らし、この年東京帝大仏文科を卒業していた。そしてその頃『文學界』に文芸時評を連載している。雑誌『文學界』は昭和八年に川端康成、林房雄、武田麟太郎、小林秀雄、深田久弥らが創刊した。木庭は創刊間もなくの在学中から、小林、林らの推薦により寄稿していた。すでに中村光夫のペンネームを使っている。彼は深田とも親しく、殊に八穂は彼の誠実な人柄に信頼を寄せていた。一方、長谷川泰子ははじめ詩人中原中也の恋人だった。それを年長の小林が奪って、小林と中原の友情は壊れ、二人は悪夢のような一時期を過ごしたのだ。一枚の写真が余りに多くのことを思わせるので、見ているとくらくらする。

応募作品を読んで青森の北畠八穂に会いに行った深田は、初恋の美しい少女とよく似た女性を見出すことになった。昭和四年夏、青森から一緒に上京した八穂と深田が暮らし始めた我孫子町天神山のその家は手賀沼を見下ろす高台にあり、庭に椎の古木が三本あるのにちなんで三樹荘と呼ばれていた。他にも欅、楠が繁っている。大正三年から十年まで、結婚後間もない柳宗悦が住んだ家であり、道を隔てた向かい側に柔道の嘉納治五郎の別荘があった。柳は嘉納の甥である。やがてバーナード・リーチが柳宗悦の家に同居して窯を築いている。

この家で書かれたのが、後に長篇小説にまとめられる連作の、始まりの一篇「津軽の野づら」である。第十次『新思潮』に発表した。二人が我孫子に住んでいたのはごく短い期間であるが、この間の昭和五年四月、深田は新興芸術派倶楽部の創立に参加し、五月、同人誌『作品』が創刊されると堀辰雄、井伏鱒二、神西《じんざい》清、小林秀雄、今日出海、永井龍男他の文士たちと共に同人となった。

その年の夏、堀辰雄の紹介で彼の家の近くの東京市本所区小梅町に貸家を借りることになった。堀は大学では深田の一年先輩になる。ここで川端康成、堀辰雄と毎日のように顔を合わせ、親しく交流したことが深田の「川端康成さんのこと」「堀辰雄君のこと」に書かれている。川端が『改造』に「温泉宿」を書いた時原稿をもらいに行くのは深田の役目であったし、堀が「聖家族」を書いていた時、執筆を励まし原稿を催促するのが深田の役であった。また後年、八穂が『透きとおった人々』（昭和五十五年）の中で「堀　辰雄さん」「川端康成さん」として懐かしく回想している。着々と新しい作品を生みだす堀辰雄のそばで、深田が羨望の気持ちを持っていたらしい様子が八穂の文章の中から感じとれる。本所小梅町のこの家に、奈良から帰京したばかりの小林秀雄が堀辰雄に連れられて初めて訪ねて来た時の様子も、「小林英雄《ママ》さん」として〈鎌倉文士交遊録〉（『青森ＮＯＷ』連載）に描いている。

深田と八穂の交友録を突き合わせると、この間の彼らの行動がよくわかる。八穂は津軽の両親の膝下で、周囲に文学を語りあう友もいない境遇から、いきなり深田の周囲の知性豊かな若い作家たちの交友の輪に入れられた。そこで持ち前の強い好奇心と向上心と、人一倍鋭敏な詩人的感性をいっぱいに開放し、ひるむことなく多くを吸収していった。深田の友人たちも八穂を単に友人の妻としてみるだけでなく、作家の卵として対応していたように感じられる。それは後に上林暁が、深田の歿後の追悼文の中でその頃の八穂の印象を次のように語っていることからも察せられる。

とにかく三穂さん〔八穂のこと〕は、骨張つて痩せてゐた。大きな目を光らしてゐた。田舎の人らしく素朴であつたが、その言葉は才気走つてゐた。こつちから、下手なことは言へない、といふ感じがした。
（「山に死す」）

夫の友人だからと気を遣うよりも、文学の仲間として感じたままを遠慮なく、鋭く相手にぶつける態度であったらしい。

本所区小梅町に住んでからは深田と八穂はほぼ毎日、夕方に堀と共に浅草へ散歩に出かける。すると多くの知人に会うが、たいてい川端康成や武田麟太郎と合流して映画を見る。カジノ・フォーリーへ行きエノケン一座の喜劇を見る。芝居がはねた後には、一座の役者たちの稽古を見てその主だった役者を誘っておしるこ屋やそば屋へ行く。費用はみな川端が支払ったという。川端はその頃、朝日新聞夕刊に『浅草紅団』を書いていたので、取材をかねて連日浅草に通っていた。当時はプロレタリア文学全盛の時代で、新興芸術派の純文学作家たちは大雑誌に作品を発表するのに幾分か不遇であった、と深田が書いている（「川端康成さんのこと」）。毎夕のように浅草で出会う彼らは、仲間内で親しく庇い合いあう気持ちがあったかも知れない。

「文学的自叙伝」の中で深田は、昭和初年代の、『作品』に依っていた頃の作家たちの名前を列記している。

横光、川端の二氏以外に、河上徹太郎、中島健蔵、三好達治、小林秀雄、永井龍男、堀辰雄、木村庄三郎、今日出海、井伏鱒二、佐藤正彰等の諸君で、この連中が毎月一回集つて酒を飲みながら文学論を闘はすさまは、今ここで匆々《そうそう》に描写し尽くす事の出来ない豊富な眺めであつた。

深田の周囲の作家たちの清新潑剌《はつらつ》とした、豊かな知的営為の様子が目の当たりに生きいきと感じられる。

関東大震災以降、大学でも左翼の学生運動がにわかに盛んになっていた。優秀な学生の《明晰な条理と烈しい情熱のこもった評論は、私たちを強く動かした》（「わが青春記」）。深田もずいぶん心を動かされ、直接勧誘も受けたが、ついに加わらなかった。理由は自分の一番大切なもの、即ち登山への情熱を諦めねばならぬほどの献身を要求されるからであったという（「山の話」）。後に文学の道に進んでからはプロレタリア文学が怒濤の勢いで盛んになり、『裸像』の同人であった中野重治、森山啓らが参加していったのは、それぞれの深い内的動機によるものである。しかし深田は終始

『新思潮』『作品』『文學界』に依り、純文学の立場に身を置いていた。
のちに深田は金沢の俳誌『あらうみ』（昭和三十三年一月号）に「乞食俳人」という哀切なエッセイを載せて、関東大震災後の学生の左翼運動につき書いている。

当時一高でも真面目で秀才の生徒が大勢左翼運動に走った。そのうち当局の大弾圧が来た。（略）しかし彼等は青年の純情な正義心から被搾取階級のために戦って、弾圧に会い、その後杳《よう》として消息を絶った者を、私は幾人も知っている。その人たちの、当時の無邪気で一途な顔が、今でも私の眼の前に浮かぶ。

そしてその中のひとり、大阪方面の労働運動に身を投じた相良という友人の、その後の悲惨な運命を、切実な共感をもって披露している。

八穂の内弟子で晩年同居した白柳美彦の「北畠八穂、その死、人と文学」によれば、この頃、八穂が上野図書館に通って北国の少数民族について調べ、書き写してきたものを深田が作品化して、「オロッコの娘」として『文藝春秋』（昭和五年十月号）に発表した。初めて同人誌でない大雑誌に載った作品である。北国の辺境ツンドラ地帯で遊牧生活をするオロッコ族の娘とギリヤーク族の青年との恋と、娘の死を描いた素朴で清純な物語だ。古代人の生命力と死への哀しみを感じさせる、古《こ》譚《たん》風の叙情に溢れたこの作品は、当時の主流であったプロレタリア文学や、自然主義派の作品、または都会の頽廃的風俗を描いた作品の多い文芸界にあって、辺境に生きる単純だが力強い人間像を提出して新鮮な印象を与え、深田の作家としての地位を確立するほどのものとなった。林房雄や神西清、今日出海、中島健蔵その他多くの作家、評論家たちがこの作品と作者の人柄について好意溢れる感想を述べている。深田の作品を論ずるとき、どうしても彼の人柄と切り離しては論じられない点があるようだ。

ただ一人、親しい存在であった小林秀雄がこの作に対する歯がゆいような疑念を『作品』(昭和五年十一月号)に書いている。

「オロッコの娘」はいゝ短篇だ、とみんなが言ふわたしも異存はない、(略)だけど異存みたいな事が言ひたいのでもやもやして了ふ。

(「深田久彌の人と芸術」)

この小林の疑念は、一読わかりにくいが、作品への深い考察を誘う。これについては次章で検討したい。

このあと深田は本格的に文学活動に専念しようと覚悟して、休学中だった大学を退学し、改造社も辞職してしまった。そしてのちに一つの長篇『津軽の野づら』としてまとめられる一連の短篇を続々と発表していくのだが、その複雑な成立過程のうち、まずは全四章の中篇として単行本化されるまでを、年譜風に辿ってみたい。尚、一度でも『津軽の野づら』に組み込まれることになる各作は〈 〉内に示した。

昭和四年　〈津軽の野づら〉を第十次『新思潮』（十一月号）に発表。

昭和五年　続篇〈津軽の野づら・2〉を第十次『新思潮』（新年号）に発表。

夏に我孫子から本所小梅町へ転居。

〈オロッコの娘〉を『文藝春秋』（十月号）に発表。

〈志乃の手紙〉、〈雪解けごろ——続志乃の手紙〉を『作品』（九月号、十二月号）に発表。

昭和六年　〈EDELWEISS〉を『作品』（一月号）に発表。

郷里石川県金沢の歩兵第七連隊に入隊して幹部候補生としての十か月間の軍隊教育を受ける。外出許可の出る休日には金沢付近の山々に登った。この間八穂は小梅町の家を引きはらって津軽の実家に帰り、重病の母を看護していた（八穂の母は娘のカリエスの看病疲れで、上京前から重病を患っていた）。除隊後に八穂を迎えに行き、以後二人は小石川や瀧野川の狭い借家で貧窮生活を送る。この間、匿名で朝日新聞に批評を連載、『文藝春秋』に文芸時評を執筆するなどしている。

昭和七年　二月創刊の『文学クオタリイ』に同人として参加し、六月同誌に「津軽の野づら」をまとめて掲載（確認できず）。初めての紀行文「陸奥山水記」を『作品』（八月号）に発表。

この頃から小康状態を保っていた八穂の体調が悪化し始め、療養のため鎌倉に転居。気候が温暖で物価が安く暮らしやすいという文藝春秋社の菅忠雄の勧めによる。前年には小林秀雄が鎌倉へ移住していたので後に続く形になった。

〈あすならう〉を『改造』（十一月号）に発表、〈オロッコの娘〉と同様に健康な叙情性で好評を得た。この作品は八穂が『改造』の第一回懸賞に「津軽林檎」という題で応募した作品を深田が書き改めたとされるものである。

昭和九年〈母と子〉を『文藝春秋』（四月号）に発表（四章〈母〉の原型）。

昭和十年　九月、中篇小説集『津軽の野づら』を作品社から刊行。

こうして約六年の歳月をかけ、まずは全四章が一冊の本になった。

一章〈津軽野の寒〉は、『新思潮』初出時には四節（一　チャシヌマ／二　志乃／三　武／四　吹雪）であった〈津軽の野づら〉がまとめられたもの。内容に大きな変更や省略はない。林檎畑で赤い布かぶりして赤く実った林檎をもぐ津軽のメラシ（娘）たち、彼女らは川原で砂利も取る。その中で無口に働く孤児のアイヌメラシのチャシヌマ、全体をきびきびととり仕切る戸田家の娘志乃。志乃はかつて小学校で代用教員をしていたが、カリエスにかかって療養し、回復した今は元気に家の仕事をしているという設定だ。チャシヌマには炭焼きの爺の孫で武という恋人がいたが、彼は焼き物を学ぶために家出をした。爺は落胆し、吹雪の夜に山の小屋で死ぬのである。そしてこの牧歌的な世界の始まりを暗示して〈津軽野の寒〉と改題し一章とした。

二章〈エェデル・ワイス〉は春、林檎畑にあわい紅色の花が咲き、いい匂いが川原の方まで流れてくる。内閣が緊縮政策を採ったため景気が悪くなり、川原で取った砂利が売れなくなる。志乃は川上に湧く鉱泉水を何とか利用する方法はないかと、ある朝馬車に桶を積み、チャシヌマと二人で鉱泉水を汲みに出かける。そこで植物採集に来ていた東京の若者と出会う。彼は浅虫海岸にある東北帝大の高山植物研究所まで行くというので、帰りの馬車に乗せて帰る。浅虫までは遠いので、その夜若者は志乃の家に泊まることになる。彼は持っていた胴籃の中の植物の整理にかかり、白い厚ぼったい花のミヤマウスユキソウを一本分けてくれて、これは欧州のアルプスに咲くエェデル・ワイスなのだと説明する。チャシヌマはどうやら家出した武の子を身籠っているらしい。

三章〈志乃の手紙〉は、東京に帰った若者と志乃の間に交わされた二十通の手紙である。二人の間には恋心が芽生え育っていくらしい。若者の名が大倉高丸ということは次章でわかる。この若者は深田の分身と考えていい。

四章〈母〉は、娘のカリエスを看病していた疲れやさまざまな苦労が重なって、震顫麻痺《しんせんまひ》という重病にかかった母のことを描く。志乃が看病し、老いた手伝いも雇っているがあまり役立たない。志乃は高丸が会いに来るのを待ち、一緒に上京したいのだ。そして訪ねて来た高丸と共に、親に無断で上京してしまう。しばらくすると母危篤の知らせがきて、急ぎ津軽に帰郷し、母の死を看取る。

東京に戻ってからも自責の念から母の夢を見る。子供の頃に母がしてくれた仕草を思い出し、涙を流しつつ、強くなろうと思う。

作品社版には、以上四つの章から成る「津軽の野づら」に、別枠で独立した短篇としての「あすならう」が併録される形であった。

この著書は大きな好評を以て世に受け入れられた。なんと半年後には廉価版が出ているのである。図書館で検索していて作品社の本が二冊あることを発見した。扉のデザインが違う。奥付を比較すると一冊は「昭和十年九月発行／定価二円二十銭」、もう一冊は「昭和十一年五月発行／廉価版定価一円四十銭」とある。内容に殆ど違いはない。多くの読者を得て、よく売れたことがわかる。


作品社の廉価版からさらに半年後の昭和十一年十一月、有光社から『津軽の野面』が刊行される。この中には長篇「津軽の野づら」と短篇「強者連盟」が併録された。

「津軽の野づら」は作品社版と同じ四つの章の後に五つの章が書き下ろしで加えられ、短篇「あすならう」は省かれた。書き下ろしの物語後半は次のように展開する。

五章〈帰郷〉は焼き物の修業をするために家出していた武（川村武二）がひっそり帰って来て、チャシヌマと子供に会うところから始まる。彼はバーナード・リーチの弟子になって修業していたという設定になっている。

六章〈はぎ葉〉東京で高丸と暮らしている志乃が、チャシヌマに会うため津軽へ帰郷し、女学校の同級生で料亭田毎の娘であった品《しな》や、かつて小学校で教え子だったよし子（芸者のはぎ葉）に会う。品は両親亡き後田毎の女将として料亭を切り回している。そこで他の同級生の噂やチャシヌマの様子も聞く。品もはぎ葉も東京で暮らしている志乃にはわからない気苦労があるようだ。山の小屋に住んでいるチャシヌマと子供にも会う。母親となったチャシヌマはしっかり成長していて、志乃を驚かせる。

七章〈山の小屋〉　志乃は近くの山の温泉に植物採集に来ている夫高丸のところへ出かける。チャシヌマが持たせてくれた葡萄汁を湯上りの高丸に勧める。丁度来合わせた高丸の友人で美学科出身の石田が、葡萄汁の入っていた焼き物の瓶を褒めて、譲ってほしいという。しかしチャシヌマに聞くとこれは譲れないと言う。志乃の言うことなら何でも従うチャシヌマだが、それは武が家出する時チャシヌマに与えた大事な瓶なのだ。

八章〈幼な顔〉　志乃は芸者はぎ葉が旦那と別れて芸者を止め、「樺太サ行くの、大阪サ行くの」など言って気持ちをこじらせているから、はぎ葉をなだめてくれと、田毎の品と瓢屋の女将に頼まれる。はぎ葉は大鰐温泉に居ると聞いて志乃が会いに行くと、彼女は志乃にだけは小学校の教え子だった頃の幼な顔を見せて、喫茶店を開いたり、津軽塗を習ってそれを年取っても仕事にしたいと将来の堅実な夢を語って、志乃を安心させた。

九章〈月の桂〉は盆の夜である。志乃とチャシヌマと子供は墓参りをすませ、夜は子供を背負ったチャシヌマが盆踊りに加わり、いい声で唄うのを聞く。山の小屋への帰り道には武が三人を迎えに来ていた。武も小学校での志乃の教え子の一人だ。爺の残した山小屋でこれから焼き物をするという武の話を聞きながら、武は子供を、チャシヌマは病後で足の弱った志乃を背負って、豊饒な津軽平野を見渡しながら、月明かりの中を山小屋へと帰っていく。

こうして長篇「津軽の野づら」の一つの姿が全九章で完成した。

昭和十四年四月に改造社から出た『津軽の野づら』も、有光社版と同じく全九章構成である。ただ一章〈津軽野の寒〉が〈チャシヌマ〉と改題され、二章〈エェデル・ワイス〉内の挿話となっていた「オロッコの娘」が外された。

そしてこの後に出る『津軽の野づら』の構成には、深田と八穂二人の複雑な関係がうかがえる。昭和二十年十二月十五日に出た養徳社の『津軽の野づら』は、一章に〈あすならう〉を置いた。二章以下は改造社版（全九章）を踏襲しているので全体を十章で構成する形である。一万部が刷られ、定価は八円四十銭だった。

この年八月十五日の敗戦から四か月が経っていて、八穂は疎開先の山形から鎌倉に帰っていたが、深田はまだ中国で俘虜として作業に従事中で帰国を果たしていない時期だ。出版について養徳社と交渉したのは八穂以外にはありえない。「あすならう」は作品社版（昭和十年）では別枠で独立した短篇扱いだったし、有光社版（昭和十一年）と改造社版（昭和十四年）では省かれた作品だ。それを深田が不在の間に『津軽の野づら』の一章に置いたことは、「あすならう」に対する八穂の強い執着心を語るものであろう。「あすならう」の原型は、八穂の「津軽林檎」（『改造』応募作）だといわれている。

昭和二十一年七月に深田が帰還し、八穂との離婚が成立した後に文庫に入った『津軽の野づら』は、昭和二十三年三月十五日刊の新潮文庫版、昭和二十九年六月三十日刊の角川文庫版のいずれも、養徳社版のものと同じ全十章構成だった。

しかし角川文庫と同日に筑摩書房から出た『あすならう・オロッコの娘』は、「津軽の野づら」という括りのないまま一章〈チャシヌマ〉以下の九章を配列し、その後に「あすならう」「オロッコの娘」、さらに深田の旧作「G・S・L倶楽部」を併録する、全十二作の短篇集という形をとっている。表題をなぜ『津軽の野づら』としなかったかを含め、理由はわからない。

また平成九年（一九九七）に出た〈大活字本シリーズ〉『津軽の野づら』（埼玉福祉会）には新潮文庫を底本としたことが明記されている。

このように、さまざまに形を変えた『津軽の野づら』だが、現在ではいずれも絶版になっている。

3

深田には『津軽の野づら』の前に、四冊の著作がある。順を追って見ていこう。

昭和七年に戻るが、八月頃から八穂の宿痾のカリエスが再発し、気候がよく暮らしやすい鎌倉に移ったことは前述した。

大塔宮前の借家に入った時に、二人の引越荷物はリヤカーに一台であったという。駅から八穂を人力車に乗せ借家に到着すると、もうその午後、小林秀雄や今日出海ほか鎌倉に住む友人たちが訪ねてきて、揃って海岸で遊んでいる。みな三十歳前後の、屈託のない若さであった。この頃、大佛《おさらぎ》次郎の家へも訪ねたことを八穂が書いている（「大佛次郎さん」）。八穂が人力車を待たせて挨拶に行くと大佛は気さくに対応してくれた。まだ津軽に居た頃、立川文庫でよく親しんでいた作家の姿を八穂はしっかりと記憶に留めた。その後二人は大佛からも様々に親切な配慮を受けることになる。

鎌倉について深田は《空気の質まで東京の荒っぽさとは違う》（「鎌倉仲間」）と戦前の文章に書いている。《関東の自然は粗野だが、鎌倉だけは関西に見るようなおだやかな風光をもっている》。この歴史的な気分の残るおっとりした町で、八穂は日光浴を心掛けて、かなり健康を回復していった。この年十一月には「あすならう」が『改造』に発表されている。

翌八年、深田の一高時代の友人の持ち家を賃無料で借りることになり、鎌倉二階堂にある部屋数十一という大きな家に移った。大塔宮前の深田家に何も家具がないのを見て先輩作家久米正雄が食卓や火鉢を、文藝春秋の菅忠雄が柱時計や下駄箱を呉れるという具合で、二階堂へ越すときには荷物がかなり増えていたという。ここで二人は敗戦時までの十余年を過ごすことになる。深田にとっては《めぐまれすぎた》（「鎌倉文士都落ちの記」）年月であり、八穂にとってはその後も度重なるカリエスの再発で、最も体調の悪い寝たきりの七年を含む歳月であった。その間にも八穂はいろんな勉強を怠らず、病をおして深田のために作品の下書きを続けたと、幾つかの文章に書いている。この他にも八穂には主婦としての勤めがある。女中や同居していた姪に頼って、夫である深田の活動に支障がないように、様々な気配りを欠かさなかった。しかし深田の郷里の両親にはなかなか認められず、妻としての入籍は、深田の父の死後まで待たねばならなかった。八穂にとっては辛い年月であった。これはその時代の旧民法の制約のためかも知れないが、深田が強硬にことを進めなかったせいもあるだろう。彼は「父の死」というエッセイの中に書いている《僕の今までの生涯の重大事はすべて父の反対を冒してきた》。進学、就職、結婚、退職などのすべてを父の意向を無視して自分流に決めてきたため、せめて妻の入籍は父の同意を得て、と考えたのだろうか。

昭和九年に大聖寺の家が大火で全焼した後、深田の両親がしばらく鎌倉に身を寄せたことがある。それは単に物見遊山だけの滞在ではなく、八穂が息子の嫁として相応しいかどうか、見極める意図があったろう。後に「お茶をいっぺんもついでもらえんような嫁じゃ……」という母トメの落胆の言葉が残っているから（田澤拓也『百名山の人　深田久弥伝』）、やはり両親の眼鏡には適わなかったものとみえる。

昭和八年十一月、深田の初めての著書となる小説集『翌檜《あすならう》』が江川書房から出た。作品社から『津軽の野づら』が出版される二年前である。著者署名入りの特装本で、限定四百部の内一百部は越前産赤口局紙本、残り三百部は英国産上質紙本と奥付にあり、かなり気合を入れて出版した本であることがわかる。用紙にこだわるのは、深田が紙商の家に生まれたからか（少し調べたところ造本を追及する限定出版の版元であったようだ）。この本には「オロッコの娘」「あすならう」と「乱暴者」の三作が収められた。

「乱暴者」は高天原に住む素戔嗚尊《すさのおのみこと》を髣髴させる荒々しい若者若ノ命《わかのみこと》が、天上界から下界へ落ちていった芽生乙女《めおおとめ》を追って自分も下界へと落ちていく神話的物語である。若ノ命はすべてが美しく豊かに充実している天上界に飽きあきして、危険に満ちている下界に憧れていた。下界の荒々しい波や風や、棘だらけの這松やつるつる滑る苔などに行く手を阻まれながら、天上界に劣らぬ美しい場所を探し出して芽生乙女を喜ばせる。それまでの深田の作品には全く見られなかった世界だ。八穂が幼時に聞かされた神話や昔話から発想したものに、深田が若ノ命という生命力と冒険心に満ちた若者を投げ込んで作品化したことが想像される。

深田はこの冬、東京帝大旅行部OBで作るあざらし会のスキーツアーで蔵王へ行き、小林秀雄と二月に発哺《はっぽ》温泉でスキーツアーを行う。小林とは秋にも谷川岳へ出かけている。小林も山が好きで登山やスキーツアーに度々一緒に出かけている。この年十一月には今日出海も誘って三人で八ヶ岳へ登った。前年十月に三人で鳳凰山に登った時は、深田と小林のしごきが余りひどいので帰途喧嘩になってしまったが、次回に誘うと今はまた出かけたという。小林の山好きはかなりなもので、どんなに厳しいコースでも振り向くと必ず小林がついてきたことを深田が書いている。

脚は強かつた。乾漆か燻製の鰊のやうに引緊《ひきしま》つた脚だ。敏捷さうな足どりでねばり強くついてくる。（略）決してヘバつたと言つたことがない。ヘバつたと言はねばならないやうな場合、彼はカンシヤクを起すらしい。

（「小林君と山」）

一方の小林も遠慮ない。

一体深田は僕にスキーを教へてゐるみたいな顔をしてゐるが、決して教へたことはない。（略）山の上までスキーを担がせ、上で提灯の火で、スキーをつける事を教へると、あとは自然の成行きにまかせろ、と言つて一人で滑つて行つて見えなくなつた。

（「カヤの平」）

二人の間には不思議な絆があるようだ。昭和十二年二月に小林が書いた「草津行——スキー・カーニバル記」（東京新聞）を読んで笑ってしまった。久米正雄が草津で開かれるスキー・カーニバルに連れて行ってやるという。それには小林の義弟田川水泡（漫画家）も行くという。

どんなお祭りが挙行されようがまずこの二人がゐれば安心なものなので、暫くの間来賓面をしてゐれば、あとは深田久彌と行方不明に安心してなれるといふ方寸であつたが急に二人が不参加となつて弱つた。

結局同行したのは林芙美子、足立源一郎、深田久弥となっている。最後まで真面目に来賓役を務めたものか。小林にとって深田は無条件に友として惜しくない存在であったのではないだろうか。

「小林君と山」の中で深田は、

小林君と山を歩いてゐる時、僕も無口だが彼も無口である。（略）ただ黙って歩いてゐる。それでゐて気づまりでもなければ退屈でもない。

と書いている。蔦温泉で一夏一緒に暮らした時、山の帰り最終バスに乗りおくれた。《仕方なく二人は四里の夕暮の道を蔦温泉まで歩いた。その四時間ほどの行程の間、黙々と歩くだけで殆んどしやべらなかつた。宿へ帰つて、まあよくも無言で来たものだなあと感じたので、このことを覚えてゐるのである》。二人の交友のあり方がよくわかる。

昭和九年五月には第二の小説集『雪崩』（改造社）が刊行された。これには十七の短篇が入っており、「村の子供ら」「先輩訪問」「一昼夜」の三作は深田自身の作とみられる。

「村の子供ら」は東北や北陸の農漁村の子供たちの日々の暮らしを生きいきとさわやかに描いた十

のスケッチ風の短文から成っている。後に新潮社の『新日本少年少女文庫 第13篇』（昭和十五年）にも収められた。この文庫の編者大佛次郎は深田の作について、

新鮮であるとともに、感覚的ですね。この感覚的といふことが、新しい文学の一つの特徴です。ありきたりの言葉の美しさやあたまのなかで考へられたことを棄てゝ、自分の感覚に直接に与へられたまゝをあらはさうといふ行きかたを、新しい文学はとつてをります。

と、当時の少年少女に向けて解説している。著者をよく知る人の行き届いた解説だ。これらの他にも深田は講談社の『少年倶楽部』、小学館の『日本少女』などを舞台に子供向けの創作を多く書いていて、それらは戦前から戦後にかけて教科書に多く採用されていた（勝尾金弥『山へ登ろう。いろんな山へ』）。

「先輩訪問」は深田の分身といえる田舎出身の学生が、これも深田の分身らしい同郷の作家を訪問する話である。作家志望の学生は敬愛する義兄の中学時代の友人だという作家に敬意と期待を抱いて訪問するが、作家の文壇ずれした、俗物的な面を見てがっかりして帰宅する。「一昼夜」は後に「強者連盟」そして『知と愛』に発展する作の、初期の形である。深田の分身らしき一高生の、一昼夜の無鉄砲な行動を描いたものだ。

『雪崩』の残りの作品のうち「EDELWEISS」「母と子」「あすならう」の三作は、以前雑誌に発表

され、後に『津軽の野づら』の中に組み込まれる作品である。他に、貧しい子供たちの切ない友情を描いた表題作の「雪崩」、子供の頃の頭の怪我で知恵おくれとなった宅二の母親と弟の嫁、離れに住む叔母という女三人の、大きな波風は立たないがじめじめした日常を描く「一家」、小狡い母親がいつしか人の心がわかるようになった娘イソを巫女に仕立てて稼ぐが、イソはそのうち巫女の仕事が重荷となって入水してしまう「巫女（いちこ）」、津軽の小学校で代用教員をしていた八穂と友人との友情を描いたと思われる「水脈」などだ。また、他人のことをじっと観察する少女が女中奉公でいろんな家を渡り歩いて、そこで見たことを書いた「おしゃべり」は読後感はあまり気持ちよくはないが、主人公の欲望、狡さをしっかり描いていることがそのまま批評になっているともいえる一篇である。これらは八穂の着想によるものと思われる。

同じ昭和九年十二月に出た『わが山山』（改造社）は、深田の初の山の紀行文集であり、登山家にも一般の読書好きにも広く読まれた。殊にかくれた山好きであった宇野浩二は著者から直接贈られて子供のように喜び、その日のうちに読みおえてしまったという（堀込静香編「年譜」）。この本を読んで気づくのは、文章の若々しさである。初版のあとがきに《今一冊の本にすると何かきまりの悪い思ひがする》と書き、また再版後記で《この本ほど僕の山に対する愛着を恥かし気もなく吐露したものはない》と述べている。山に対する幼いほどのひたむきさがそのまま出ているので、著者は恥ずかしくなるのだろう。しかし読者はその点にこそ惹かれる。後年の『日本百名山』のような、見事に観照的な文章ではなく、若い著者自身の姿が生きいきと身近に感じられる一冊だ。

昭和十年九月には第三の小説集『青猪《あおじし》』（竹村書店）が出た。巻末記には次のように記している。

僕のすきなまゝの形で出す短篇集はこれが最初である。（略）大部分は空想の所産物である。かういふ作り話もやがて書けなくなるだらう。若い時分にのみ描ける空想だから、幼なさは随所にあらう。それを笑ふ人より、それを愛する人に、本書をおくる。

これには八つの短篇と、「短篇五つ」と題する章があり、計十三の作品が入っている。そのうち「乱暴者」は『翌檜』に、「嶽へ吹雪く」「空へ行った女」「吹雪の夜の阿漕《あこぎ》」の三篇は『雪崩』にも入っている。『翌檜』と『青猪』に入った「乱暴者」を読み比べてみると、大筋に変わりはなく、所々に加筆訂正が見られる程度だ。「淫婦マリア」は福音書に出てくるマグダラのマリアが描かれている。淫乱で罪深いマリアがキリストを試そうとして、真正面から向き合った時、自分の内心に潜む正しいものに目覚める話である。

表題作の「青猪」は、子供の頃いつも青鼻汁を垂らしていたので青猪と呼ばれていた傳吉の話である。彼は生一本で無鉄砲だが憎めない青年だ。船乗りになり二等機関士の資格を取る。船内で起こった殺人事件で無鉄砲な傳吉に犯人の疑いがかかる。彼の裁判を担当した判事は物のわかった人物で、傳吉の疑いが晴れると、親切な友人に頼んで、彼のために外国航路の船に乗る仕事を探してくれた。しかし傳吉は無断でこの船からも居なくなって他所でも騒ぎをおこす。裏切られた判事とその友人は、傳吉のような憎めないが思慮の浅い人間をどう扱えばいいのだろうかと話し合う。

「甥に話した黙示録」は姉夫婦の三人の子供を預かった男が、ミカエルと龍が戦う話を甥たちに聞かせる。すると甥たちは学校でクラスの友達と、この戦いを実際にやってみて怪我をして帰ってくる。しかし彼らは怪我のことよりも負けた龍がその後どうなるかを熱心に考えはじめ、新しい物語を作り出していく。「をさなき昔」は子供のいない真実が、幼い頃のことや現在の暮らしぶりを語る。姉のこと友人のことをさまざまに批判しながら《自分はどうであらう。元の自分を失くした平凡な主婦になり下がつてしまつたではないか》と反省したりする。夜遅くなっても帰らない良人《おっと》に腹を立て、自分は自分の覚悟をしようと思いつつ、良人が帰ればその覚悟も有耶無耶《うやむや》になってしまう自分にまた腹を立てる話だ。

最後の作品「通信」は、一人は鎌倉に、もう一人は中央線沿線に住む二人の作家の往復書簡だ。昭和十年前後の文芸界の様子が語られる。ドストエフスキー、ジイド、フローベル、それに石坂洋次郎、梶井基次郎、林房雄らの名も出てくる。やがて一人は故郷の父が急死して帰郷し、南の島の地主だった父に代わり、島の経営に乗り出す。島の人々の悲惨な暮らしを見つめ、社会構造の矛盾を感じつつ、島民の生活の改善の方法とその意味を考え始める。しかし決してプロレタリア文学的な結末にはならない、純文学の立場にいた深田らしい作品である。

これら三冊の小説集と紀行文集一冊が、『津軽の野づら』の前に出版された著作だ。この中ではっきりと深田が書いたと指摘できる幾つもの作品の他は、八穂の身辺の出来事か、彼女が生まれ育った津軽で見聞した事柄を題材にしたと思われる。一読したところ暗い印象の自然主義リアリズム的作品だ。後に八穂の作品の魅力となる夢とか詩情とか、キリスト教的なものの見方、恵まれない境遇の中で健気に生きる子供の姿などはない。救いや希望、批評もなく、ただ暗く貧しい、愚かな世界を提出している。しかし後の北畠作品に見られる晦渋さ、一人よがりの飛躍はなく、文章は平明でわかりやすい。ここからいろんなことが考えられた。

一つにはそれらが、八穂がその頃まで盛んであった自然主義文学の影響のもとに書き上げた習作であろうということ。八穂は着想した作品を書き切ってしまわなければ次の段階に進めなかったこと。そのあまりにわかりづらい八穂の文章を、深田が徹底的に手を入れ平明な文章に直したのだろうということ。

その結果、それらの作品は深田の個性である理知的な向日性の快活な世界ではなく、後に八穂の個性となる詩情あふれるものでもない、魅力のないものとなった。私の推測にすぎないが、三冊の小説集『翌檜』『雪崩』『青猪』はあまり読まれなかったのではないか。これらについての読者の反応は殆ど語られていない。見つけられたのは、大佛次郎が深田の「村の子供ら」を『新日本少年少女文庫』に採用した際の解説（一〇三頁）のみだった。

4

昭和十年夏、深田と八穂は霧ヶ峰のヒュッテに避暑滞在した。小林秀雄夫妻も一緒であった。霧ヶ峰で小林秀雄夫人と八穂、木庭一郎（中村光夫）、それにかつて小林の恋人であった長谷川泰子まで写った写真のある年だ。八穂が後に〈鎌倉文士交遊録〉に書いている。

ヒョロリと背の高い、色の黒い青年が来、同じヒュッテに泊まりはじめました。「あれが小林の弟子で、大岡」と、ききました。スタンダールのことばかり話す人で——スタ公——と、別名がつきました。（「大岡昇平さん」）

そこには柳田國男一家、時の石黒農相一家も滞在中で、さらに青山二郎、中村光夫が鎌倉の女給たちを伴ってやって来て賑わった、ともある。

霧ヶ峰から帰宅すると九月十五日に短篇集『青猪』、同月二十二日には『津軽の野づら』（作品社）が刊行された。

この年、深田は文芸時評、山の紀行文と幅広く執筆した。またユーモア小説も書いて、翌々十三年には『雲と花と歌』（春陽堂〈新小説選集第十二巻〉）として一冊にまとめられる。文学雑誌に比べて大衆雑誌の方が原稿料が高かったのだろうか。奥付に雑誌「ユーモアクラブ」という付記があるので、春陽堂の同名の雑誌に連載したものと思われる。収録作「子はたから」は子供のない夫婦が養子を貰うと、間もなくその夫婦に実子が生まれて、養子は実の親元へ返されるが、その後両家ともに幸運が訪れるという話。「平家再興」は父親と二人の息子、女中までそれぞれに蒐集癖を持つ変わり者の一家が、夏休みに親子三人で美濃、飛騨へ旅行に出かけ、各々何か蒐集して帰ってくる。父親は生粋の平家の末裔だという、猿のような男の子を連れて帰る。その野生児が大変な悪戯っ子でさんざん一家に迷惑をかけるが、その結果二人の息子に幸運が訪れたので父親は大いに喜んで、自分の蒐集品を処分して平家の末裔を育てようと決心する話、等々、多彩な題材である。子供の頃ときどき見た『キング』のような大衆雑誌で、罪のない楽しい話を読んだ記憶が甦った。一般にまだ戦争の気配がさほど感じられない時代の雰囲気である。十一の短篇の内、どれが深田で、どれが八穂のものであるかは分けがたい。おそらく二人の合作が多いのではないかと思われた。

　昭和十二年、深田にとって大きな執筆の機会が訪れる。東京朝日新聞の夕刊に連載小説を書くことになったのである。永井荷風の『濹東《ぼくとう》綺《き》譚《だん》』の後を受けての連載なので、作家にとって晴れの舞台といえる。深田は緊張したに違いない。この時は『鎌倉夫人』という小説を三十五回連載した。三十五回というのは連載小説としては短いようだが、始めから制限があったのか、何かの事情があって唐突に終わったものか。

とにかく『鎌倉夫人』そのものを読んでみよう。首都から近く、環境のよい鎌倉に当時多く住んでいた裕福な家庭の夫人たちの、優雅でやや頽廃的なグループと、鎌倉を縦横に走るバスに乗務するバスガールのグループとを対比させた物語だ。夫人たちの中で一目置かれている美しく聡明な玉城照子、その婚約者であった海軍航空将校の安津志（秘仏として作中殆ど姿を見せず、最後に名が明かされる）は、何故かバスガールの牧井節子と恋愛関係となり、節子は秘仏の子敦郎を生んでいた。その後節子はバスガールの寄宿舎の舎監として働きながら、健気に息子を育てている。敦郎が付属小学校の一年に入学する所から話が始まる。一方、照子の周りの夫人たちにも同じ小学校に入学する子どもを持つ女性がいた。そして照子にも節子にもそれぞれ事情をよく知り、親身に案じてくれる友人があった。夫人たちの催すバザーに節子が子供やバスガールたちの必需品を買いに来たり、夫人たちの誰かがバスでどこへ行ったかが報告されたり、二つのグループは、狭い鎌倉ですれ違うことが多い。二人に直接の交流はないが、友人たちはそれぞれに相手方の動静に注意を払っていた。

昭和十二年当時、盧溝橋事件が起こり横須賀軍港に近い鎌倉には海軍軍人の姿が多く、少しずつ戦争の気配が感じられる時代に入っている。ある日、秘仏から幾年も逢わなかった照子と節子の元へ、それぞれに連絡が入った。今夜訪ねるという内容だ。その夜遅く、待ちくたびれてベッドに入った照子の寝室の窓を叩く者がいた。見ると窓の外には秘仏の顔、その後ろに慎ましく立つ節子の姿があった。三人は女中たちに知らせず、照子の部屋で朝まで語りあって過ごし、早朝旅立つ秘仏を二人の女性が鎌倉駅に見送った。秘仏（安津志）は海軍のある重大任務に就くために出発するのである。三人が一夜何を話し合ったか。前後の文脈から見て、遺児となるかもしれぬ我が子敦郎の将来を、その母である節子と、かつての婚約者照子に託したものと思われる。鎌倉駅頭で彼は「僕の存念がこれほどよく通じて……」と、心置きなく重大任務に就く快心の笑みを浮かべ、二人の女性は彼の快心を等しく己が心とし、国のため危険な任地に赴く人を送りだすというのが、結末の三人の心境である。この結末は、当時では一つの美談ととられたであろう。今日ではあり得ない綺麗ごとに見えるが、日中戦争がまだ本格化しない当時は、日本の軍人は理想化され、印象も汚れていなかった。

この連載小説には女同士の会話が多い。不自然な飛躍はなく、事態の進展につれて話はきびきびと運ばれ作品全体を軽快なリズムのあるものとしている。地の文にちりばめられた軽いユーモアとアイロニーも深田の個性を感じさせる。もっとも女性たちの日常にはかなり八穂の細かな観察眼が感じられ、ことに夫人たちの着物や浴衣の柄、帯の織、色彩などはそれなくしては成り立たない。この作品は二人の合作と見てよいだろう。短い小説だが好評だったらしく、秋には改造社から出版された。戦後も昭和二十九年に角川文庫に入り、版を重ねている。私の手元にあるのは昭和三十五年発行の八版である。

朝日新聞の連載を終えた昭和十二年の八、九月、深田と八穂は暑を避けて、信州追分に滞在した。当時、堀辰雄が追分の油屋を定宿にしていたので、彼の伝手《つて》で近所の農家の二階を借りた。出発しようと準備している時に八穂の体に異変が起こる。鎌倉へ来て日光浴に励み、五年ほど小康状態にあったカリエスの再発である。右足の付け根に小さい腫れが見つかったのだ。東京で主治医の診察を受けてから追分に行くが、涼風の立つ頃に高熱をだして三十八度台が二週間続き、右足の付け根からは膿が湧くように出た。この時さすがに辛抱強い八穂も「鎌倉へ帰って死にたい」と願った。熱が三十七度台に下がったのでようやく担ぎ込まれるように汽車に乗って帰宅した。この時の騒ぎで深田はずい分苦労したと思われるし、堀辰雄にも大きな面倒をかけた。鎌倉に帰ると八穂はそのまま寝付いてしまった。ほぼ七年間寝たきりとなる病苦の始まりだった。

八穂はカリエス再発について、生活のために新聞小説その他の夫の作品を病を押して下書きする無理が祟ったとしばしば書き、また人にも話すことになる。事実、昭和十六年の十一月に小説集『紫匂ふ』(改造社)、翌十七年十月に『紫陽花姫』(博文館)、十八年六月に『命短し』(青木書店)、同年八月には『をとめだより』(小学館)が、夫深田久彌の名前で刊行されている。これらの著書にも、二人の合作、あるいは八穂の文章を深田が整えたと思われるものが混在している。

『をとめだより』にいたっては、全篇八穂が書いたものと断定してよいと思う。この作品は女学校を卒業した三人の少女が、一人は故郷に残り、一人は千島へもう一人は南の島へそれぞれ移住して、手紙を通して近況を伝えあう形を採っている。当時の少女らしく言葉遣いは丁寧で甘ったるいが、内容は古典、神話、歴史、地理、科学にわたり、八穂の関心の広さと戦前の女学校教育のレベルの高さを感じさせる。しかし文章は明解で、後の八穂の作品のようなわかりにくさはないから、深田が文章に手を入れたことは間違いないが、深田の添削があったにしても、八穂の旺盛な創作意欲が感じられる小説集だ。

これまでに紹介した九冊の小説集の題材は、現実に深く関わるもの、それまでの経験や暮らしに基づく作もあれば、物語的なもの、世相を観察したもの、歴史・古典に材を採ったもの、地理的なものなど多彩である。『をとめだより』のように八穂の作家としての腕が次第に上達するのが感じられるものもある。だが後に北畠八穂の名前で発表した「自在人」『あくたれ童子《わらし》ポコ』に見られるようなわかりにくいものはない。八穂の文章は深田の徹底的な添削を経なければ活字には出来なかったと思われるが、この時期の創作をすべて深田の名前で出版したことが、後々まで深田の負い目となり、彼自身を苦しめたのではないか。事実昭和二十三年に『津軽の野づら』が新潮文庫に入る際に、八穂が自分の著作権を主張してこれを止めようとしたことがあり、また昭和二十八年には『出版ニュース』（四月下旬号〈私の処女作と自信作〉欄）に「カリエスと「津軽の野づら」」と題して、『津軽の野づら』は自分が書いたと発表したのである。なぜそのようなことになったのか。

昭和二十七年の東京新聞に、深田は「わが青春記」というエッセイを寄せた。その後半で、志げ子夫人との初めての出会いと、二十年後の弟の結婚披露宴での再会について書いている。その文章が八穂の眼にふれて、反発を買ったとも考えられる。これらについては、次節で検討したい。

昭和十四年の深田の小説に『知と愛』(河出書房)がある。昭和八年より「一昼夜」、「強者連盟」と書き継いできた作品が『知と愛』として完成し、十四年に刊行された。旧制第一高等学校の学生由比梅郎の潔癖でロマンチックな心情と向う見ずな行動を描いたもので、多くの読者を得、版を重ねた。後に深田は《売行き部数の最も多かった作品を挙げれば、それは『知と愛』である》と書いている(「『知と愛』の思い出」)。この本の好評に刺激されてか、十八年八月には『続知と愛』(同)も出て、戦後、正続ともに角川文庫に入った。

昭和十四年十二月刊の『贋修道院』(新潮社)は同年三月からの「北海タイムス」(北海道新聞)連載をまとめたもので、八穂の影響を感じさせる作品だが、四章で詳述する。

昭和十八年十二月刊の『親友』(新潮社)は、十六年五月から満州日々新聞に連載された「春の嵐」を単行本化したもので、『知と愛』と同じような世代の青年群像だ。ある篤志家が地方から上京する学生のために建てた日進寮に住む七人の学生と、篤志家の娘日下部圭子、その友人でやがて学生の一人牧一兵と結婚する西みね子、それに学生寮の寮母の娘河合椿子三人のヒロインたちが織りなす清潔でさわやかな青春小説である。私の手元にある角川文庫(昭和三十年六月発行、九月再版)には冒頭に作者の言葉がある。《これは今度の事変の始まる前の話である。戦争になってこれらの人物が如何に身を処したかは、また別の物語を要する》。登場人物はみな戦争が始まる気配が少なかった昭和十年代前半までの若者だ。彼らは一様に明るく健康な知性の持ち主で、逆説的な機智を弄する才気はあるが、どこかに田舎の匂いを残していて都会的に擦れていない。『知と愛』よりいっそう軽快に、清潔で乾いた文体で物語が進む。小松伸六の解説には、この作品は《敗戦直前のいはばゼロ下の青春にあつたわかいひとたちのあひだに、しづかに手から手へとわたされ、版をかさねていつた》とある。昭和十八年十月、神宮外苑での出陣学徒壮行会に出たのと同世代の大学生たちが、自分たちにもあるはずであった青春の物語として読んだのかと思うと、胸が痛む。

中島健蔵は『続知と愛』の解説（角川文庫）の中でこれらの書かれた大正から昭和の初めの旧制一高の気風について、《第一次大戦後の、一ばん平和なひと時である》と書いている。

> 人生を感じ知と愛を感じるのも一ばん新鮮な時期で（略）マルクスも別に禁書ではなかった。（略）わたくしなどは、学校で、マルクス主義の経済原論を教えられ、それが赤いことなど大して意識しないですんだ方であった。

中島は深田と同年の生まれ、ほぼ同時期に東京帝大の仏文科に学んでいる。深田がそのような自由な一時期に学生生活を送り人格形成した人であることは、彼の生涯を知る上で押さえて置くべきことだろう。中島健蔵や小林秀雄、今日出海、深田久弥らより一世代若い、いわゆる第一次戦後派と呼ばれる作家たちがいる。加藤周一、中村真一郎、福永武彦、埴谷雄高ら一群の作家と、深田たち世代との間に感ずる微妙な間隙を思う。同様に高い教育を受け、日本の古典的教養を持ち西欧的な知性を身につけた人たちである。影響を受けた西欧の文学の違いにあるのだろうか、あるいは戦争を人生のどの時期に経験したかということも、大きく関わってくるように思われた。

昭和十五年頃からは、山に関する紀行文が圧倒的に多くなり、雑誌『山小屋』で後の『日本百名山』の原型となる「日本百名山」の連載が始まる。これはその年末に同誌が廃刊になるまで続き、二十座の山々が取り上げられた。

昭和十六年刊の随筆集『春蘭』（東峰書房）には昭和七年から十六年までに書いた短篇小説三作と、二十五篇の随想が入っていて、戦前の深田の文学的な活動を知ることができる。中で三つの「文芸雑記」と「現代文章雑感」を興味深く読んだ。また冒頭におかれた「歩兵第七連隊」は、昭和六年に金沢の連隊へ入営した経験を踏まえて、当時書かれていた兵隊を題材とした小説を《どれも決つてひどく悲惨化してゐる》《苦しいことに甘えてゐる》と、悲壮がった表現が多いことを批判している。これは戦後に書いた小説「わが小隊」（『群像』昭和二十三年八月号）にも一貫して感じられる深田の、戦争小説に対する変わらぬ姿勢である。

5

昭和十六年五月、深田にとって、人生の大きな転換といえる出会いがあった。後半生の伴侶となる木庭志げ子との再会である。当時筑摩書房にいた木庭一郎（中村光夫）の結婚披露宴が目黒茶寮驪《り》山荘《ざん》で行われたのだ。彼は学生時代から鎌倉に住み、深田とも八穂とも親しかった。

その披露宴は媒酌人青山二郎というだけで、式次第もなく、気の置けない仲間がそれはもう、めちゃくちゃに飲んだ。小林秀雄、河上徹太郎、吉田健一、深田久弥、唐木順三、古田晁そのほかで、あちこち議論がふっとうし、酒をこぼして、狂瀾怒濤のうず……

（竹之内静雄「戦前の木庭一郎――中村光夫――さん」）

そんな席で深田はかつて学生時代に本郷通りで出会い、心惹かれた女性に再会したのだ。彼女は新郎の仲の良い姉であり、親族としてただ一人出席していた。深田にとって関東大震災以後初めての、思いがけぬ再会であった。

それから二十年のブランクを経て、私は偶然の機会で彼女と再会して、初めて言葉を交わした。一高時代の私の風貌を彼女は細かな点までおぼえていた。（略）この偶然が私の後半生を支配するようになろうとは！

（「わが青春記」）

偶然の出会いというが、出会うべき必然であったかもしれない。一高、東京帝大卒。同時代の、傾向を同じくする文学に携わる一群の人々である。ここでなくともいずれその機会は訪れたに違いない。

この席で思いがけない再会をした深田と志げ子の様子を見て、それがかつての深田の憧れの女性、彼の小説「途上戯画」に描かれた本郷通りの美少女その人と見破った者がいたのだろうか。竹之内の書くところによると、

酔っぱらって眠りこんでいる深田久弥のところへ行って誰かが「深田、光公（中村光夫）の姉さんがきたぞ」とどなると一所懸命目を見ひらいて起上がる。ねむいのをがまんして飲む。また眠ると、誰かがおなじことを言ってつつきおこす。正直に、深田久弥はその度に起き上がる。木庭さんの令姉はやがて二度目の深田夫人となった。この晩がそのきっかけになったのだという。


その宴に出席した文学者たちはみな酔っぱらって、悪童時代に返っていたのだろうか。筆者竹之内静雄は後に筑摩書房の社長となる人である。

志げ子は関東大震災の後、転々と居を移り、その頃は世田谷区松原町に住んでいた。家の経済状況もあって、東京女高師付属高女を終えると専攻科へ進むが、卒業後は会社勤めをして三人の弟たちの進学を助けようと働いていたという。そして再会の時まで独身であった。縁談もあったが纏《まと》まらなかった。

五月に思いがけない再会をした深田と志げ子は、六月にはもう二人で雨飾山《あまかざりやま》に登ろうと木崎湖畔、小谷《おたり》温泉に滞在している。深田はいち早く志げ子に連絡を取ったのだ。深田の心の昂ぶりが察せられる。二人は雨のため登山することが出来ず、小谷温泉に四日滞在して近隣を歩き回った。

九山（深田の俳号）の顔と名前を何時とはなしに覚えたのは、十四、五年も前のことであるけれど、はじめて口をきいたのはこの五月のはじめ、鎌倉の弟の結婚披露の席であった。昔、学生時代のこの人のひたむきな眼を、私は受けとめようとはしなかった。（略）もう青春を過ぎての出合いから、運命のように大人のつきあいが生まれた。知らん顔をした昔の借りを返したい気持ちも幾らかはあった。

（深田志げ子「遠い元日の想出」）

志げ子は深田の歿後二年目に、このように深田との再会を書いている。

六月の小谷温泉から湯峠、九月の富士山から本栖湖と、誰にも妨げられない山歩きは、東の間の銀座の逢いよりものびのびと楽しかった。その頃の私には鎌倉と東京に離れ住むことが寧ろ仕合せに思われた。

（同）

再会後初めて逢ったのは銀座だったとわかる。鎌倉で寝たきりで苦しんでいる八穂の、知らない時間が流れ始めている。私は志げ子のこの文章を安宅夏夫著『「日本百名山」の背景――深田久弥・二つの愛』で初めて読んだ。

雨飾山は深田にとって気品のある山の形と響のよい名前で、長い間憧れの山だった。実はその二週間前にも、大聖寺の弟弥之介と共に新潟県側から登ろうとして、雨のために断念していた。この山は越後側から見ると、その広い肩の上に二つの峰を猫の耳のように立てた可憐な姿をしているのだ。今回も雨に降られてついに登れなかった二人は、バスで帰路に着く。

雨飾山の脇の峠を越えて越後へ抜けた。振り返ると、向って左の方が心持高い二つの耳が、睦まじげに寄り添って相変わらず美しかった。

左の耳は
僕の耳
右は　はしけやし
君の耳

そんな出鱈目を口ずさみつつ山から遠ざかりながら、雨飾山に対する私の思慕は増すばかりであった。

（「雨飾山」）

深田は愛《は》しけやしという古事記や万葉集にある古語を使って、同行の志げ子への愛を詠っている。

その夜は越後湯沢に一泊し、バスで日本海側の糸魚川に出た。柳の美しい町糸魚川で、「独ソ開戦」のニュースのビラが電柱に貼ってあるのを見て、はっと顔を見合わせた、と志げ子が書いている。その後二人は海辺に立つ。

人影のない海岸は広々として、はじめて見る日本海でした。(略)波打際に佇って、じっと底の小石が色鮮かに透く小波を見ているうちに、無性に泳ぎたくなり、辺りに人気のないのを見すまし、スリップ一枚になって、ジャブジャブ海に入って行きました。ビックリした顔をしていた深田も、すぐあとから泳いできました。

六月の海はまだ少し冷たかったのですが、思い切り手足を屈伸させて泳ぐうれしさは格別でした。

(深田志げ子「私の小谷温泉」)

テニスと水泳が得意だった健康な志げ子とともにある喜びが、深田の身内で弾けたに違いない。昭和十七年八月には志げ子との間に男の子が生まれた。深田には初めての子供である。重いカリエスを病む八穂との間に子供は望むべくもなかったから、深田の喜びが察せられる。その時代、家制度を重視する旧民法によって、嫡男は重い意味を持つ。庶出であっても、嫡出の男子のない場合は当然その位置につく。当時は常識として誰も疑わなかったが、深田はどんな態度を取ったろうか。妻八穂を傷つけることを予想して、勘の鋭い彼女に知られないよう慎重に秘していた。が、間もなく知られることとなった。翌年の夏のことだ。

昭和三十七年のこと、八穂は「右足のスキー」という作品を『新潮』(五月号)に発表した。それによれば深田と志げ子の間に男子が生まれたことを八穂が知ったのは、六年ばかりカリエスで苦しんでいた彼女に回復の兆しがあり、思いがけず起き上がって数歩歩けた喜びの後のことだった。《「ねタキさん、歩くってのはね。右足をついて左足を前へ出し、左足をついて右足を前に出することね」》と女中に声をかけた作中の主人公マキが、冗談に歩くマネをしようとする。もう数年も起き上がれず、歩くことを忘れているマキだ。よろけたら駈けよろうとカマエている女中の前で、思いがけずよろけずに左足がしっかとつけた。息をつめてソロっと右足を前に出してみる。出すまでに左足が体重を支えた。《(オヤッ)とこんな時は言うのだろう……》。数年ぶりに歩けた人の実感がある。そして大騒ぎになり、同居していた姪がとんできて、女中に呼ばれた夫も《「ンウム、歩けたね」》と縁側にしゃがみ込んでみつめる。そんな喜びの続いた数日後、外出から帰った夫のポケットから知らない女性の手紙が見つかった。信仰にも似た絶対の信頼をおいてきた夫の裏切りを知って問いただすと、相手の女性は普段親しく、ひそかに頼りにしていた若い友人の姉と知ってマキは深い絶望に陥る。誰かに聞いてもらおうと思って信頼できる人に話すと、「あきれたひどいシットだ」と噂され、今までの《「健全家庭」がうらやましすぎた報い。今がイジメ時だとね、御要心なさい》などと言われ、主人公マキが世間から二重三重に傷つけられる顚末が生々しく語られる。

重いカリエスに長年苦しみ、病気故に周囲から護られてきた八穂は、世の荒波に直接触れることなく、世間ずれしない初心《うぶ》な部分がある。世間からの打撃をうまくかわして防御することができず、まともに深く傷ついた。その時から十七年を経ても、苦しみは生々しい。

「右足のスキー」という題の意味は、人知では測りしれない、ツジツマのあわない神の摂理を指すのだという。

ワレアよ、ヌイ、ワレにもツジツマの合わない摂理ってスキーを右足にはく。左足にはたのしみのスキーをはくんだ。左足のはよ。ワレの息の根止める十字架が能《あたわ》る度によ。その苦しみで今までにない性根がつくたのしみよ。

主人公が幼なじみのヌイに自分の辛い現状を解説する言葉だ。彼女が夫の裏切りを試練ととらえ、幼時から親しんだキリスト教の神によって立ち直っていく困難な状況を語っている。主人公マキの苦しみは、八穂本人のそれと重なる。小説なので日時は正確ではないが、二十年近くを経て、破婚の苦しみからこのようにして救いを見つけていったことがわかり痛ましい。しかしなんとわかりにくい表現かと思う。八穂の文章は、このように舌足らずな比喩や形容が特徴で、二、三度読まねば真意を摑めないものが多い。ようやく真意が摑めると深い宗教的意味も察せられる。

そんなことがあった翌年三月に、夫に召集令状が来て出征するまで、二人は苦しんだ。

夫もよういではないだろうと、つかれたマキは夫のつかれ様もわかり、畳む旅着に涙がおちた。

その頃家に居るかぎり、夫はマキの近くにくる。《手にものがつかないらしい夫は、やってきては長椅子にねころぶ。暫くすると、ンームとうなる。長患いの間さえ、用に追われたマキも、手にものがつかず、考えあぐねてはンームとうなる》。それまで誠実に支え合ってきた二人は、なぜこんな状態になったかと二人ともに苦しむ。気詰まりになって夫に旅を勧めると、夫の出かけた留守に来た知人によって、世間に疎いマキは一層深く傷つくことになる。

現実に昭和十九年、深田に召集令状がきたのは三月初めのことである。鉄道省国際部の依頼で北海道に取材旅行中であった深田は、知らせを受けて急ぎ鎌倉へ帰ってきた。

早速、荏草《えぐさ》句会の仲間久米正雄、永井龍男、大佛次郎たちがいつもの句会会場である建長寺裏の茶店で深田の送別句会を開いてくれた。四十一歳の予備役である深田に召集令状が来るとは、当時でも意外なことであったようだ。席題は「春の風」であるが、出席者の誰も突然の事態に呆然としてなかなか言葉がまとまらない様子。そこへ高浜虚子から、

梅凛々し九山少尉応召す

春風の今日鎌倉を吹き満てり

という、出征を寿ぎ前途を清めて祈る二句が届けられた。出征兵士を送る俳句とはこのように作るものだと、老虚子が手本を示したような馥郁《ふくいく》とした句だ。虚子にしてもこのような場合、言霊の力で武運を祈るよりほか何もできない。その句会には文士俳人の他に星野立子、松本たかしらホトトギスの俳人も出席したので、虚子の句は星野立子がもたらしたのであろう。出征に際し、虚子からこのような懇ろな句を贈られた人がいたろうか。

「虚子先生のこと」によれば深田は《先輩朋友の知遇に感激し》、その夜泥酔して《松本たかしさんの介抱を受け》帰宅し、翌日はもう大勢に見送られて鎌倉駅から出発し帰郷した。八穂はせめてしばらくでも、二人だけで話しあいたかっただろう。しかし以前のように心が触れ合う会話の時間を持てぬまま、深田は八穂から奪い去られた。当時の召集とはそのように有無を言わせぬ強力なものであった。

知らせを受けて、大聖寺の実家に志げ子が長男を連れて来ていた。三人はしばらく金沢で過ごす。そして深田は金沢の連隊に入隊し、行く先も知らされないままにギュウギュウづめの貨物船に乗せられ戦地へと向かった。

青島に着いたので、部隊の行く先が中国大陸と分かったわけだが、南京で準備のため数日滞在した時に、南京政府に草野心平がいることを深田は思い出した。草野は当時南京に成立していた汪兆銘の中華民国国民政府の宣伝部に籍を置いていたのだ。訪ねてみると、ちょうど小林秀雄が来ているからと宿舎へ連れて行かれた。小林は第三回大東亜文学者大会計画のために、前年暮れから南京に滞在中だった。その夜三人は遅くまで語りあい痛飲した。翌朝、小林は深田を書店へ連れて行き、司馬遷の『史記列伝』を買い与え、その時の持ち金すべてを餞別として与えたことが知られている。二人の友は再会を期し難い状況に置かれていた。

深田は部隊に帰ると八穂に手紙を書いて近況を伝え、さらに長男の養育費を必ず送るようにと頼んでいる（田澤拓也『百名山の人』）。この頼みが果たされたのかどうか。大聖寺の深田民さんは「それが送られなかったようです」と言い、さらに「鎌倉の人は怖い人でした」と付け加えた。しっかり者だが穏やかな、福井生まれの民さんにとって、鋭い感性で、誰にでも遠慮せず物をいう八穂は怖い兄嫁さんだったらしい。

深田は小隊長として九江、賀勝橋、衡陽へと転戦、湖南省衡陽県の龍頭舗という辺鄙な部落を守備することになる。戦地では終始一貫、歩兵隊の小隊長として過ごした。唯一の、戦争のことを書いた深田の作品「わが小隊」（昭和二十三年）を読むと、中国の戦線で彼は《自分の職業が知られて、その才能が役立つとあさはかにも思われそうな部署に引っぱられることを、ひどく怖れていた》。幸いそれを知る者は少なく、本部と称せられる所へは一度も属さず、終始兵隊と一緒に暮らすことができた。

厄介な報告を一枚書くよりも、五里の道を歩く方が、私にははるかに楽だった。

そして深田は約五十名の小隊と機関銃一個分隊、無電班数名の兵と共に湖南省長沙まで行軍し、さらに山地に入った辺鄙な部落龍頭舗に立て籠もり敗戦を迎える。五十人の小隊に機関銃一分隊と無電班を付けてくれたのは、その部落が敵襲を受けても、援軍を期待できない僻地にあったからだという。途中大きな戦闘を一度だけ経験したが比較的穏やかに過ごし、翌二十年八月の敗戦後は中国の俘虜となって道路工事に従事する。翌年日本への帰国の船に乗るまで一度も近代的な乗り物に乗ることなく、兵と共に歩き通す日々を送った。

四章　いくつもの謎

1

平成に入って二冊の八穂関連本が北の街社から出版された。金丸とく子著『真珠の人――小説北畠八穂』（平成八）と佐藤幸子著『北畠八穂の物語』（平成十七）、著者は二人とも八穂と同郷の、青森の人である。

『北畠八穂の物語』の巻末の略年譜には、深田久弥の名前で出版された作品のうち、下書きを八穂がしたという証言のある作品に＊印がつけられている。年譜を辿ると『津軽の野づら』に含まれる一連の短篇作品をはじめ、昭和四年の八穂の上京から二人の離婚に至る昭和二十二年までの間に出版された六冊の単行本――昭和十、十一、十四年に出た三冊の『津軽の野づら』及び『鎌倉夫人』『知と愛』『続知と愛』に＊印がある。

八穂は昭和二十八年、「カリエスと『津軽の野づら』」（『出版ニュース』四月下旬号）と題して、『津軽の野づら』の真の作者は自分であると書いた。その後、鎌倉に住んでいた時代に深田が書いた小説は、みんな自分が書いたと周囲に頻りに語っている。しかし幾つかの短篇と六冊の単行本だけでは「みんな私が書いた」と主張するには少ないように思われた。三章で紹介した九冊の小説集については全く記述がない。少なくとも八穂原案と思われるものがかなりあるのに、なぜだろう。不思議なことだと感じた。それについては後に検討する。

『真珠の人』は、佐藤氏の著書より九年ほど前に書かれたものだ。その「終章にかえて」に、興味深い一節がある。

北畠道之氏は当著の執筆に際しての心構えを教示された。（略）八穂文学への心酔者としてではなく、冷静中立の立場で決して綺麗事《きれいごと》で書いてはならない。

道之氏が何故そのような心構えを著者金丸氏に教示したのか、《冷静中立の立場》とは何についてのことであろうか――。その言葉からは、八穂の書いたことを頭から事実と決め込んではならないとの戒めが感じとれはしないだろうか。

北畠道之氏は八穂の長兄の息子で、八穂の甥にあたる。一高から東京帝大へ進み、在学中にしばしば鎌倉の深田家へ遊びに来ており、八穂にはたいそう気に入られていた。当然、深田をもよく知る人物である。私はこの人が詩誌『歴程』の〈北畠八穂追悼号〉（昭和五十七年七月号）に書いた文章をコピーして持っていたことを思い出して、久しぶりに読み返した。以前にも読んだはずなのに内容をすっかり忘れていて、初めて読むような気がした。

「さようならアクタレわらし」という題で、《なんとも不思議な人だった》と書き出している。

私の父が長男で叔母が末っ子。じつにわがまま一杯に育ったらしい。（略）「ほらふきミヨ」というのが、いまでも親類中の下す、叔母についての評価である。よくいえばフィクションがうまいのだが、甥を息子だと吹聴するのなど序の口で、姪の嫁入り仕度はみんな自分がしたとか、誰々の嫁は大学にやったとか、つまり願望がアタマに巣食うと、事実との見境がなくなるのである。だから親類中でこの叔母と一度もケンカしなかったものはいないくらいなのだが、しかしどこか底が抜けていて、憎めないところがある。みんなでどこかに集って、叔母の悪口を並べているうちに、「それにしてもあの大病で生きぬいているのはすごいやね」ということになる。そのうち「そろって近いうちに行ってみようか」などと「もう一切つきあわないことに決めた」はずの人物がまっさきに言い出したりするのであった。

かつて彼の著書について、八穂が宣伝文を書いたことがあるが、それを道之氏が、「書いてあることはウソばかりだよ」とコメントして職場で見せると、職場の連中からは「ホント以上にピッタリだ」という異口同音の返答があった。

なるほどこれが「詩人」のハシクレの証明かと、ちょっと見直す思いがしたものだった。

「あくたれわらしポコ」という童話を叔母は書いたようだが、ご本人自身が一生のあいだ、世の中に向かってアクタレをついてすごしたのではないかと思われる。そこに生きがいのもとがありポエジーの根っ子があったのではないか。（略）煮ても焼いても喰えない、ケチケチと計算高い叔母と、素朴で単純で間抜けでさえある叔母と、どっちもイメージとしては、じつにありとしているのだが、ひとつひとつを言語でとらえて、定義しようとするとうまくゆかない。なんともいわくいいがたしの不思議な存在になるのである。そのうち面倒臭くなって、「まあ勝手にやっていてくれ」といいたくなる人なのであった。

身内でなければ書けないこの証言を改めて読んで、初めて北畠八穂という不思議に変幻する個人を、ありありと見る思いがした。身近にもしこんな強い個性の人間がいたら、振り回されるに違いない。近づきたくない存在だ、などと考えているうちに、この個性に手古摺《てこず》っていたかもしれない深田が身近に想像された。

北畠八穂という作家は、読むほどになかなか捉えがたい人柄だとわかる。自分が書いたと主張する『津軽の野づら』の、八面玲瓏と言いたいようなどこから見ても疵のない端正な文章と、昭和二十年以後に北畠八穂の名前で書いた「自在人」はじめ多くの作品に見られる晦渋で一人よがりの比喩、論理とイメージの飛躍の多い理解しがたい文章――その二つはとても同一人のものとは思われない。さらに後者にある強烈なナルシシズム、幼児性は、何かの効果を狙ったものではなく、八穂生来のものと思われる。それらは深田と最も縁遠いものだ。

『津軽の野づら』を読んでいると、おや、と思う部分にぶつかることがある。たとえば〈志乃の手紙〉の章の《志乃の手紙はわかりにくいと皆から云はれます》という一節。しかし〈志乃の手紙〉に含まれる二十通の手紙のどれ一つをとっても、わかりにくいものはない。むしろこの手紙の書き手の人となり、境遇、家族の事情、その人の願いなどが実によくわかり、物語全体の梗概の役目さえ果たしている。

最初に出た『津軽の野づら』（作品社　昭和十年）の「あとがき」で深田は、

「志乃の手紙」は、目ざとい読者は察せられることと思ふが、ある婦人からの手紙を原にして書いたもの。ありやうはからではなかつた。作者が色々事実を粉飾し文章を改竄《かいざん》してゐることは云ふまでもない。

と書いている。たとえ「あとがき」を読まなくても、この手紙が昭和三年から四年にかけて、青森にいた北畠美代（八穂の本名）から東京の深田に宛てたものであることはすぐにわかる。後年明らかになるように、難点の多い八穂の文章は深田の手によって漉き返したようにさわやかな、瑞々しく澄明なものに《改竄》されてはいるが、手紙の書き手が旺盛な、溢れるような筆力の持ち主であることは伝わってくる。深田は編集者として、八穂の手紙から強烈な個性、強い自我と甘え、並外れた処世的才覚を読みとり、それが個人的なものでありながら普遍的な作品としての価値を持っていることを見抜いた。そして《事実を粉飾し文章を改竄して》新しい命を吹き込んだ。後に中島敦や田中英光らを発掘して、新人発掘の名手といわれた深田ならではの仕業だ。彼が八穂に作家としてのすぐれた資質を見出していたことは間違いないと思う。

ところで「志乃の手紙」は昭和五年にまず短篇として発表されているが、昭和四年に佐藤春夫がヨーロッパのある尼僧の手紙を「ぽるとがる文」として『改造』(四月号)に翻訳紹介したこととも思い合せて興味深い。これはポルトガルの一尼僧がフランスの将校に宛てた五通の恋文で、不実な恋人に対する激しく深い愛情が一途にめんめんと述べられたものである。一六六九年に「フランス語に訳されたぽるとがる文」としてパリの書店から出版されると非常に評判になり、その後スタンダールやリルケにまで影響がみられるという。深田や友人たちは「ぽるとがる文」を知っていたはずだ。

さて、先の「あとがき」には続きがある。

僕も年老いてルソオのやうに懺悔録を書く気持ちになつたら、もつとみつともないがもつと酷しいありていを書くであらう。

この小説は謂はゞ若さの鳴りを知らず識らず耳をすまして聞いた響のやうなもので、たわいないが再び聞くすべもない鳴り音である。(略)僕の願ひは、この幼い物語が、批評家の剛い手にかゝることなく、たゞ小数の人々にのみ愛されむことを。

と、少し気弱い、逃げ口上とも見える数行を付け加えた。

この「あとがき」について最も親しく、最も手ごわい批評家小林秀雄が朝日新聞（昭和十年十二月十一日）の文芸時評で批判した。

恐らく作者があまり深くも考へずに書いた、かういふ言葉が、この作品の性格を一番よく説明してゐるのである。若さの鳴りといふものが、何故そんなに早く再び聞けなくなつて了ふのか。（略）批評家の剛い手とはなんだ。小数の人々とは何か。何といふおづおづした手付きで、作者は自分の青春の書を世に送り出してゐるか。そしてさういふ手つきは、この作者一人の手つきではない。

この作者が、林檎畑や雪やオロッコの娘などを述する繊細な技法を云々する必要は、もう無いであらう、彼の今日の地歩が、彼の技法上の心労が徒事《あだごと》でなかつた事を語つてゐるとすれば。そんな事はどうでもよい。数年前から手掛けた長編を上梓するに当つて、少々うじやじやけた「あとがき」だと君は思はないか。

これは時評の中で「深田久彌君の「津軽の野づら」を読む」と題された部分だが、作品本体ではなく作者の「あとがき」についての批判であることに、注目せずにはいられない。なぜそんなにおずおずと怖れるのだ、怖れるなと叱っているように感じられる。

最初の『津軽の野づら』（作品社）は、半年後には廉価版を出すほどに好評だった。そして深田は営々と後篇を書きつづけ、翌十一年秋には五章分を加えた新版を、『津軽の野面』（有光社）として刊行することになる。その年の夏、深田は八穂と共に十和田湖畔の蔦温泉に滞在して小説を書いていた。それは「強者連盟」という題で、『津軽の野面』に併録された。後の『知と愛』の前身である。この時蔦温泉には小林秀雄も滞在していた。


小林秀雄君と隣り合わせの部屋に陣取って、彼はアランを訳していたし、私はその小説を書くのを日課としていた。

（「『知と愛』の思い出」）


このように小林は深田と濃い交流があり、また八穂とも親しく言葉を交わす機会が多いので『津軽の野づら』に含まれる一連の作品が深田一人のものではなく、八穂との協力によるものであることは、誰よりもわかっていた。その上で、作品が優れて自立したものであれば、成立の過程は問わないと言っているように私は感ずる。深田も小林の批評の的確で鋭いことはよく知っている。

「小林がこれを読んでどう思うだろう」と考えただけで、もう一行も書けなくなった、気の弱い文学志望者を私は幾人か知っている。

だからわかりにくい小林の時評の真意を読み誤らなかったはずだ。

（「小林秀雄君のこと」）

さて、『津軽の野づら』後半の五章〈帰郷〉は、チャシヌマの夫・武（川村武一）が七年ぶりに帰ってくる場面から始まる。武は焼き物のことを学びたくて炭焼きの祖父に無断で家出し、外国の陶器の名人バーナード・リーチの下で修業していた設定だ。

リーチは大正五年に千葉県我孫子の手賀沼の近くに住んでいた柳宗悦に誘われて、天神山の高台にある彼の家に住み、邸内に窯を築いて多くの作品を創作した。作中では《沼にのぞんだくすぶつた宿場の、物数奇が建てた別荘の半ば荒れた家》に住まっていることになっている。武はまずその別荘番の人のいい男の手伝いとして住み込み、彼と二人でリーチの仕事一切を手伝う。懸命に学ぶ武は、やがて別荘番の男よりもさきに師の気持ちを察して素早く指示通りに動き、リーチも何事につけても「ターケエ」と武を呼ぶようになる。《大和の寺々を見に行く時にさへ連れて行つて貰うほどの、芸術家の師弟としての、この上ない関係が快く描かれる。男同士ふかく心が通じ合った爽やかなつきあいは、深田ならではの発想で書かれた部分と感じられる。

昭和四年夏、八穂の両親には無断で、深田と八穂が上京し、ひとまず落ち着いたのが我孫子町天神山にあった柳宗悦の家であった。昭和五年の『新思潮』新年号の同人住所録に「千葉県我孫子町

天神山　深田久彌」とある。

宗悦は大正三年から十年まで、妻兼子（音楽家）と共にこの地で創作活動をする。宗悦に誘われて、大正四年に志賀直哉が、翌五年に武者小路実篤が我孫子に移り住み、そしてバーナード・リーチも柳の邸内に窯を築いて創作をした。大正十三年からはジャーナリスト杉村楚人冠もこの地に住んでいる。この時期、我孫子は白樺派や民藝運動の芸術家たちが多く行き交う文化の薫り高い町となり、北の鎌倉といわれていたという。

昭和四年当時、この邸は空家となっていた。志賀と武者小路もすでに我孫子を去っている。どんな伝手があって二人がこの家に住むことになったかはわからない。その翌年初夏には彼らはこの家を去るが、この地でのしばらくの滞在が、〈帰郷〉の章を書くきっかけとなった。つづく後半の四つの章は八穂の級友や昔の教え子の消息から発想して書かれている。最終章〈月の桂〉は、爺の残した炭焼き小屋で本格的に焼き物を始めるという武とチャシヌマと子供、そして病後の志乃が盆踊り見物の後、月明かりの中を豊饒な津軽野を見渡しながら炭焼き小屋へと帰っていく、類なく美しい場面で終わっている。

ここに登場する人物はいずれも世間並みに見れば貧しいが、慎ましく丁寧な暮らしの中で互いに信じ合って精一杯に生きる姿は、読者にも清々しい幸福感を抱かせる。昭和の初めといえばまだ大正期の空気を引きずって、闘争的なプロレタリア文学か、エロ・グロ・ナンセンスといわれるモダンで頽廃的な都会の風俗を描いた作品が多く書かれていた時代である。そんな中で津軽ことばを駆使した牧歌的世界を、感傷を排した清潔で的確な文体で描き出した作品は、そのみずみずしい叙情性で文壇から注目された。『新思潮』や『作品』などに部分的に発表された当時から川端康成はじめ林房雄、中島健蔵、今日出海、河上徹太郎、後に上林暁、山室静ほか多くの文学者たちの好意ある批評を得たが、ここでは深田と改造社時代から親交のあった上林暁の昭和二十九年の一文（『あすならう・オロッコの娘』解説）を紹介する。

深田君はジイドに心酔してゐて、（初期の作品は）ジイド風に、理知的な観念操作をなしたものだつた。深田君は芥川龍之介にも心酔してゐたようで、理知的に作品を構成する一面もあつたのである。「津軽の野づら」の第一章「チヤシヌマ」が、最初「津軽の野づら」と題せられて『新思潮』に発表せられた時、私は深田君の新しい作風に目を見張り、且魅せられた一人だつた。（略）まるで別の感じがしたのである。あとから考へてみると、元の夫人だつた北畠八穂さんとの出会ひ、恋愛、結婚が、かういふ作風をもたらしたことを見逃すわけにゆかなかつた。即ち、深田君の持てる好きもの――素朴で、健康で、野性的なものと、北畠さんの持てる好きもの――抒情的で、神秘的で郷土的なものとが、二人に共通する高貴性に向つて、見事に融合したものと見做《みな》すことが出来るであらう。

この前年に八穂は『出版ニュース』で、『津軽の野づら』は自分が書いたものだと明言し、また手元にある原稿を読み返すと《ふきだしたかったり、身にいたかったりします》とも書いている。その原稿とは、昭和三年に改造社の懸賞に応募した「津軽林檎」の原稿であるらしい（三章で詳述した通りこれは「あすならう」の前身で、戦後すぐ、おそらく深田の了解を得ないまま、『津軽の野づら』一章に組み込まれた）。

『津軽の野づら』という作品が、深田一人の作品ではなく、八穂との協力があってのものだということは、深田の周囲の人たちはかなり察していたと思われる。人間存在について、その心の奥底について深く洞察せずにはいられないのが文学者の性である。本所小梅町時代に、毎日のように浅草で行動を共にしていた川端康成や堀辰雄、『津軽の野づら』出版の前後に、霧ヶ峰や蔦温泉に共に滞在して執筆していた小林秀雄らが深田と八穂の二人を見ていて、それを察しないはずがない。

『出版ニュース』に八穂が書いたことで、それは公になったが、上林の解説はその辺の事情をよく弁《わきま》えた上での行き届いた親身なものとなっている。

さらに上林はこの作品に女主人公志乃として描かれた八穂について、

八穂は賢しく、狷介《けんかい》（河上徹太郎の評）でさへあり、強くやさしく、神秘の影も曳いてゐる。彼女が運命の重圧に堪へてゆく姿には、健気を通り越した天性の智慧が輝いてゐる。

と書いた。この場合の《運命の重圧》とは、八穂の宿痾《しゅくあ》のカリエスと生家の没落による苦労をさしている。

また太宰治は「狂言の神」の中で言う。

深田久彌は、日本に於いては、全くはじめての、「精神の女性」を創つた一等の作家である。

《「精神の女性」》とは『津軽の野づら』作中の志乃（八穂）を指す。

現実の八穂は、作品中ではこのような存在として描かれ、読者に感銘を与えた。ここで現実の八穂を、《賢く》《狷介で》《やさしく》《神秘の影も曳いた》《健気な》《天性の智慧が輝く女性》、あるいは《精神の女性》として描いたのは誰かという問いが浮上する。後年、八穂が書いた文章から察するに、八穂は自己の胸にある想い、さまざまに湧きおこるイメージを、感性のままにめんめんと自由に紡ぎだす書き手であるが、そんな自分の姿を冷静に客観的に見て、文章に定着させた作品を私は殆ど見たことがない。

上林は深田の追悼文（「山に死す」）の中でも深田と八穂の離婚のことに触れ、《この夫婦は辛い夫婦だつた》と書いている。

この夫婦がわかれるようになつたのは、自然のなりゆきだつたと言へるかも知れない。三穂さん〔八穂〕は不自由なからだを持つて、妻として仕へねばならぬ。F君にして見れば、不自由なからだを持った三穂さんを、妻としていたはらねばならぬ。この夫婦は辛い夫婦だつた。長年、深田と八穂をよく知る上林の、思いやりにあふれた言葉だ。また離婚後の八穂が『津軽の野づら』の著作権を主張したことにも触れて、自身の見解を記している。

〔「津軽の野づら」は〕彼女の影響があることは明らかである。三穂さんが代作したのか、合作したものか。材料を三穂さんが提供したものか。それとも創作的刺激を与へたものか。一括して自分の著作権を主張したもやうである。われわれ第三者の、読者から言へば、著作権が誰にあらうとかまはない。いい作品なら誰の書いたものでもいい。

著作権主張については、小島千加子の『作家の風景』にも記述がある。

昭和二十三年『津軽の野づら』が新潮文庫になる際、著者の元妻であった北畠八穂から、刊行を取り止めて貰えないかと相談があった。

昭和二十三年といえば、その前年に深田一家は湯沢温泉から郷里大聖寺へ転居している。ある時志げ子夫人が「鎌倉から人が来ているから……」と、客を避けて、お子さんと共に隣の稲坂家の茶の間へ来ていたことがあったという。稲坂医師の次女K子さんの話である。あくまでも私の推測に過ぎないが、鎌倉からの人というのは八穂の意を受けた新潮社関係の人ではないか。その時の訪問は『津軽の野づら』を新潮文庫へ入れる際の、八穂の相談にからんだものではなかったか。

話し合いでどういう結論が出たものか、作品は無事、新潮文庫に入れられた。さらに昭和二十九年には同月同日に角川文庫版と筑摩書房版（表題は『あすならう・オロッコの娘』）も出た。私の手元にある新潮文庫は昭和三十一年の七刷、上林の持っているのは昭和四十一年の第十七版だというから、相当に版を重ねたことがわかる。平成九年（一九九七）には大活字本シリーズも出た。『津軽の野づら』は、作者が誰かということとはおそらく無縁に、長く多くの読者に愛読され続けた。

2

平成二十七年（二〇一五）、志げ子夫人の著『私の小谷《おたり》温泉』（山と溪谷社）が出版された。昭和十六年に深田と再会して以来、折々に書かれた文章を、長男の森太郎氏がまとめたものだ。短歌、俳句を能くした志げ子夫人の書くものはきびきびとした快いリズムの、達意の文章だ。巻末、森太郎氏の「母の思い出　あとがきにかえて」に次の部分がある。

幼いころ両親の会話に「キタバタケさん」という長い名前が出てきたのを覚えているが、

（略）北畠さんが父の最初の奥さんであり、父の初期の小説が北畠八穂氏との共作でその分の印税は折半の約束になっている、と母から聞いたのはこの時であった。（略）当時は原稿料や印税の支払いは銀行振り込みではなくて現金書留で送られてきていた。（略）そして待望の原稿料が届くと、母はその日の内に半額を北畠氏に送っていた。

夕方の忙しい時間に郵便局へ小走りに急ぐ志げ子夫人の後ろ姿が目に浮かぶようだ。大聖寺の深田家から郵便局本局までは大急ぎでも二十分近くかかる。

八穂が昭和二十三年に新潮社に訴えた著作権の問題は、現実には印税を折半する形で円満に片がついたようだ。しかしこれはあくまで現実の金銭上の問題解決であって、文学上の問題は依然残るだろう。

昭和二十九年に金沢浅野川べりの深田家玄関で深田夫妻から手渡された『あすならう・オロッコの娘』を、これが『津軽の野づら』だと信じて繰り返し熟読した折りの実感を、私は頑なに保持している。高校三年生の春から七年余、折に触れ親しく謦咳《けいがい》に接していた「深田先生」と『津軽の野づら』の読後の印象には、なんの違和感も距離もなかった。聞きなれないはずの津軽ことばで縦横に会話が進む作品なのに、物語の筋は平明でわかりやすく、人物は素朴で澄明で健気であり、生きいきと動いている。余剰な感傷に停滞することや、一人よがりの思い込みや甘えに落ち込むことがなく、作品は快く進行する。繰り返すが、のちに北畠八穂の名前で書かれた幾つかの作品と読み比べてみて、とても同じ人の書いたものとは思われなかった。

八穂の「自在人」は戦後すぐに復刊した『新潮』に発表されたものだが、それをのちに読んだ時、文意を取りかねて何度も読み直さねばならなかった。三、四度目でようやくその意図と作品の優れた所以を納得した。岩田豊雄（獅子文六）が褒めたという理由もわからないではない。

昭和三十七年の「右足のスキー」にも津軽ことばがしばしば出てくる。書きっぱなしで説明のないそれらの言葉は、土俗的な匂いが強すぎてわかりづらく、繰り返し読んで想像せねばならない。また話の運びが前後するのにはそれなりの理由と効果はわかるが、筋を把握するのにもかなり難渋する。

津軽の昨今と、マキの住む鎌倉の観光話が、ひとしきりあってから、ヌイの息子が
「や、巫女様」
母の杯をみたし
「それ、いつでもマコさまを残念がってる、あすこ、しゃべれスナガ〔言ったら如何〕」
と、けしかけた。くぐもり笑いをしたヌイは、
「ンス。ワレ思うんだ。マコさまがよ。バカみたいにつくしたのに、カタワにして、ああした目みせて、ヤソ様、見殺しにしたネシ」
（略）

「ンや、ヌイ、ンでばかりでも無い」

「ンで無いこと無いス」

おだやかなだけにヌイの非難は根深げだ。

「ヤソ教ではよ。ヌイ、一切、親玉に任せてあるのよ。親玉がやることを摂理ってナ」

「何ず事だべ。オカシコテ〔めいわくな政事をする〕大臣か、その親玉」

ヌイは鰊のムシリ身をつまみかけた箸をつままずにふった。たじろいだマキだが、よんどころなく、

「ヤソの親玉はよ、ヌイ、出来ないものなしよ。出来ないものなしの為《す》ることは、人のモノサシで測れない。ンだな。人からみれば、ツジツマの合わないこともある、けどもよ」

「無理だネシ、ヤソは」

ヤソのわからずを憤ってヌイは鰊をつっつく。

「なってないと見えてもよ。ヌイ、親玉が何か為る途中のスジミチだってば」

息子が煙草の灰をはたいて応じた。

「ン、工事中ネシ、足場組むこともあるシ」

「途中？　途中は尺に合わなくてもいいスか」

「尺って人の尺だもの。ヤソの親玉は、尺いらず、ノビ、チヂミ自在にユウズウきくンでないかヤ。親玉の仕事の途中でな、ハカりかねる切ない場を支えた者は、つまり親玉が大事にして

る人だと約束があるのよ、ヌイ」

ンッとクソいまいましげなヌイだ。

それに比して、昭和初年代に書かれた『津軽の野づら』の津軽ことばは確かに津軽ことばであるが、土俗的というより音楽的でさえあり、洗練されて美しい。読後暫くの間、作中に出てきた《アレアネはで（はら〳〵する）》というチャシヌマの言葉が、私の口癖になってしまったほどだ。

以下は『津軽の野づら』の〈はぎ葉〉の章から、田毎の女将の品と芸者はぎ葉（よし子）と志乃の三人の会話である。


「まあよく話の尽きないこと」と、そこへやつと暇になつた品さんが入つてきた。

「母さん、一つさあ」

「飲むとも、私ァ少し下地《したぢ》があれば、何ぼでも飲みてえんだもの」

「まあ品さん、あんたそんなに飲むの」

「志乃ちゃん、あなたの方が飲むんで私おどろいてゐるんだェ。まさか十年前の修学旅行のとき私たち酒飲むやうになるつて、誰が知つてたか」

「ハ、、、、ほんとに一杯も飲まないでピョ〳〵と十四日もよく歩いたもんだの」

「母さん、年寄つたら今度は私と二人で四国順礼にでも行くべし」

「あい、行くとも。でもはぎ葉さんだば明日にでも行けるばて、母さんだばあの四人育てあげて田毎の借金なくしてからでねば、一生出られねえべもの」
「誰だってさぅよ、品さん、思ひきって行くのし。私だってこの身体でこゝまで来たんだもの」
と志乃が口を入れた。
「そだ、そだ」とはぎ葉も相槌を打った。

地の文も整って滞りない。しかし八穂は言う。

わたしが夜、書いておくんです。すると朝、あの人が清書する。だって見てられないもの、締め切りが迫っても一向に出来ないから。

（小島千加子『作家の風景』）

多くの方言を持つ日本語だが、明治以来一貫して、一つの均質的な言語、つまり標準語（共通語）に統一する政策が取られてきた。アイヌ語は殆ど死語に近く、琉球処分以来、沖縄語は差別にさらされ、その他の日本中の方言も国定教科書によって窒息させられようとしていた。八穂の、体内からほとばしり出る土着の、生のままの津軽ことばは、整ったものにしなければならぬ必然があったかもしれない。しかし北畠八穂の名で発表された作品を読む限り、「清書する」だけという手軽な仕事であったとは、とても思えない。

深田久弥という人は、本来知的な作風の作家である。昭和三年に「実録武人鑑」を書いて横光利一に認められた時も、その評語（『文藝春秋』十二月号）は、

実録武人鑑は組み立てが新しいので印象に残つてゐる。然もその組み立ては最も材料を生かす上に於ては難事な擬人法をもつて勇敢に仕遂げてゐる。（略）フォルマリストとしての頭の良さが、美しく形を整えてゐるのが好ましかつた。

というものであった。上林暁も深田の作風について《ジイド風に理知的に観念操作をしたものだつた》（二四〇頁）と言っている。

その深田が、八穂の粗雑な下書きを、《理知的に観念操作》を施して漉き返したように澄明なものに仕上げた。それはおそらく翻訳するにも似たエネルギーを要する、知的作業であったに違いない。

『津軽の野づら』を熟読すると、八穂らしい文体の特徴は一章〈あすならう〉に顕著に残る。冒頭三行目からの《凍み雪はうすら青んで、リ、、、と鳴る。》以下の数行とか、二頁後の《氷の中の処女性は自身の清浄な熱を知る》とか、《小さい頃、祖母の膝でぢつと耳をすますと、リーン、リーンと》雪の凍みる音が、鈴のように聞こえたという一節その他である。八穂の詩的感性のよく感

じられる部分だ。また三章〈志乃の手紙〉には、全体に強い甘えと、歌うようなリズム感が残る。しかし地の文は破綻や矛盾なく、読者の気息を損なうこともなく整っている。活字となった『津軽の野づら』から受ける素朴な印象は、決して生のままの素朴ではない。ジードやスタンダールや広く西欧文学で培った知的感性を通して、深田が作り上げた芸術的な素朴である。このことは早く昭和五年に小林秀雄が「オロッコの娘」を評した文の中に、

この作品の中に描かれた人物は、原始未開の人々と言ふものより大変遠いものであると言つても君は解つてくれるであらう。

（「深田久彌の人と芸術」）

と言っているのを思い出させる。さらに小林は、

君は一体装飾のある心に対しては全く不器用だが、素朴な心には大変器用になる。

とも述べている。また『津軽の野づら』の「あとがき」を批判した中でも《この作者が、林檎畑や雪やオロッコの娘などを述する繊細な技法を云々する必要は、もう無いであらう。彼の今日の地歩が、彼の技法上の心労が徒事でなかつた事を語つてゐるとすれば》（一三六頁）と書いた。小林の正《せい》鵠《こく》を得たこれらの指摘も、上林の評言も、ともに深田と八穂をよく知る文学者の言葉である。

話は古くなるが、柳田國男の『遠野物語』は明治四十三年（一九一〇）に出版されている。その序文に《この話はすべて遠野の人佐々木鏡石君より聞きたり。（略）鏡石君は話上手にはあらざれども誠実なる人なり。自分もまた一字一句をも加減せず感じたるままを書きたり》とある。そのためかどうか、この書が広く読まれ始めたころ、真の著者は、柳田ではなくて佐々木鏡石ではないかという説がかなり囁かれていたという。しかしこの書を高く評価した泉鏡花は言う。

近ごろ〳〵、おもしろき書を読みたり。柳田國男氏の著、遠野物語なり。再読三読、尚ほ飽くことを知らず。この書は（略）山深き幽僻地の、伝説異聞怪談を、土地の人の談話したるを、氏が筆にて活かし描けるなり。敢て活かし描けるものと言ふ。然らざれば、妖怪変化豈得て斯のごとく活躍せんや。

（「遠野の奇聞」）

柳田の筆でなければ『遠野物語』は生まれ得なかったことを指摘したのだ。先年、柳田國男の祖母・松岡小鶴の漢詩文集を現代語に訳していた時、孫にあたる松岡・井上・柳田ら五兄弟に関連する史料を読んでいて、たまたまこれを目にした私は、まるで「『津軽の野づら』は深田の筆にて活かし描けるなり」という鏡花の言葉を聞くように感じたものだ。

角川文庫版『津軽の野づら』（昭和二十九年）の解説は、北欧神話や北欧童話の研究、紹介者で、トーベ・ヤンソンの「ムーミン」シリーズの紹介、翻訳者でもあった山室静が執筆している。山室はまず、この作の主人公の津軽乙女たちが、林檎の花で埋まる自然を背景にさまざまの苦しみ、悩みにもめげずに生きてゆく生命力と自然の美が溶け合ったところに、この作の牧歌性が成立していると述べる。そして、津軽生まれの前夫人、北畠八穂の息吹がこの作を貫いていることを認めた上で、次のように続ける。

もちろん津軽野だとて、そのやうな牧歌郷でのみありうるわけはない。これをそのやうなものとして描き出すのは、あくまで作者の作為であり、その意味で「津軽の野づら」はあくまで深田氏の作品である。ここには氏の切ない夢が托されてゐるだらう。これが自然のふところからおのづからに生まれ出た作品では決してないことは、この作の牧歌性そのものが示してゐる。自然そのものは、もつと無記であり、退屈であり、無慈悲であつて、決してこのやうな美しい統一を示すものではないからだ。

また、深田の内部の理想主義的な夢が周囲の自然の中に托されて創造された牧歌的世界がこの作品であることを述べ、牧歌といふものは、（略）決して回顧的なもの、逃避的なものではなく、前向きの、あへてゲーテ・シラー風に言へば、永遠の人間の理想状態を作り出したもの（後略）

だと強調する。そして、それを作り出す深田の健康な向日性が、《この作を単な甘さにおちることから救って、好個の青春の書たらしめてゐる》と指摘した。

山室は、生前から寡黙で声高に語ることの少ない印象の人であったが、熱っぽい書きぶりをしている。おそらく彼は『津軽の野づら』を愛読していただろう。そして前年の『出版ニュース』での八穂の発言をも意識していただろう。その上で、この著作をここまで深く読み取るべきだ、と要求しているように感じられる。

さらに、昭和三十一年に筑摩書房から『昭和小説集（一）』〈現代日本文学全集　第86巻〉が出て、深田の「オロッコの娘」と「あすならう」が載った。同書の解説の中で臼井吉見は『津軽の野づら』につき述べている。

この野の香りにみちた連作集は深田久彌の代表作であるばかりでなく、階級闘争の荒れ狂った昭和のはじめの、若ものたちの心底の郷愁をとらえたものとして、記念碑的な意味をもっている。

そして《それについては、作者と同世代に属する中島健蔵のすぐれた解説がある》として、引用している。

その頃の深田は、まだ高等学校の学生のやうな気持で（略）何か爽やかなもの、明るいものを信じ切つてゐるやうであつた。彼は単純を愛した。その当時の若い文学者の間では単純を愛することは、異端に近かつた。しかし、『津軽の野づら』に収められた小説によつて、彼の愛した単純の意味は、はつきりと人々に理解された。（略）彼はただ単に単純を愛したのではなく、意識して単純を築いてゐたのである。『作品』の仲間は、いづれも若かつた。しかし、その中で若さを正面から出して成功した作家は、深田ひとりである。若さに甘えていたのでは、若さを表現するわけには行かぬ。『津軽の野づら』は、わたしたちのジェネレーションが残し得た唯一の若さの記念碑であつた。

（中島健蔵『津軽の野づら』新潮文庫解説）

同時代の文学者たちの『津軽の野づら』に対する読み込みの深さに敬意を覚えずにはいられない。余談ながら、臼井吉見の企画による〈現代日本文学全集〉は昭和二十八年当時の筑摩書房の社運を賭した事業で、一億冊以上売れた（竹之内静雄「臼井吉見と古田晁」）ということである。

以上のことから見て、だから『津軽の野づら』は深田の作品だ、と主張しようと私は思わない。この作品の登場人物や、その舞台となる津軽の風土、生起するさまざまな事象、生きいきと交わされる津軽ことばでの会話、それら大半が八穂に負っているからである。しかしそれらすべてが深田の筆にて《活かし描けるもの》(鏡花)であることもまた事実である。

『津軽の野づら』が新潮文庫に入る際に採られたと思われる、印税を折半する処置はまことに穏当な、誰をも納得させる処置であった。

3

昭和二十六年、『新潮』に求められて深田が書いた随想「鎌倉文士都落ちの記」を改めて見てみたい。

根が僕も山妻もつきあひ好きな陽気なたちだが、こゝ数年親しい昔の友人たちとも全く絶縁状態にある。(略)今の生活にしたつて、別れた前の妻との事を書かねば、正直な告白とは言へないだらう。だがそれは御勘弁願ひたい。自分が恥つ曝しになる位の勇気は持つてゐるつもりだが、彼女の非凡な性格や自分の気持を、今のところ間違ひなく語れる落ちつきがない。自分の心の検討といふ作業には、全く自信がない。何か書いて、これが確かなものだといふ気のすることが、殆ど無いのだ。これで小説家と言へようか。

あんなに親しかつた鎌倉を去つて田舎へ引つこんだいろいろな理由の中には、一種贖罪的な気持（と言つては大げさだが）も無くはなかつたが、これとて取り立てるほど確かではない。

やや韜晦《とうかい》気味な感じで書いているが、しかし前の妻に対する《一種贖罪的な気持》を、深田は終生持ち続けていたと思われる。

この部分を読むと、自ずと小林秀雄の「中原中也の思ひ出」の一節が連想される。


中原中也と会つて間もなく、私は彼の情人に惚れ、（略）やがて彼女と私は同棲した。この忌まはしい出来事が、私と中原との間を目茶目茶にした。言ふまでもなく、中原に関する思ひ出は、この処を中心としなければならないのだが、悔恨の穴は、あんまり深くて暗いので、私は告白といふ才能も思ひ出といふ創作も信ずる気にはなれない。驚くほど筆まめだつた中原も、この出来事に関しては何も書き遺してゐない。たゞ死後、雑然たるノオトや原稿の中に、私は「口惜しい男」といふ数枚の断片を見付けただけであつた。

田澤拓也著『百名山の人』によれば、『深田久彌　山の文学全集』の編集委員を務めた近藤信行氏は、まだ『中央公論』の編集者だった頃、『婦人公論』の三枝佐枝子編集次長と共に、北畠八穂との離婚の事情について、深田の立場から何か書くように勧めたことがあるという。それは深田がヒマラヤ踏査隊隊長として出発しようとしていた直前のことらしい。

するとと深田は「贖罪」という言葉を口にした。自分は北畠に贖罪の気持ちを感じているのだ、と。そして執筆を断った。

深田は北畠八穂の名誉を守った。「僕の心の中に七重に鍵を掛けたものはあるが、その他はすべてオープンだ」とは金沢時代に深田が口にしていた言葉である。七重に鍵を掛けたものについては、聞いた人がそれぞれに推し量るしかなかったが、その誠実で率直な語り口は聞くものに素直に伝わった。そして深田は生涯、北畠八穂への反論、批判を口外することはなかった。深田の「贖罪」という言葉の重さを考えずにはいられなかった。

八穂の甥・北畠道之氏の書く八穂の複雑な性格について、恐らく深田は誰よりも強く感じていたに違いない。深田が《彼女の非凡な性格》と書くものがそれである。この場合非凡とは優れたという意味よりも、人並みはずれたの意味に近い。我儘一杯で強烈な甘えの持ち主であり、その甘えはもっとも身近の人に向けられる。そして身近の人を甘えでもって自分の意のままに動かさずにはおかぬ。愛しているから、信頼しているから当然許されるという強い思い込みが八穂にはある。なによりカリエスという当時不治の重病の身であるから、大抵の我儘は周囲から許されるのである。重病の八穂に対する深田のいたわりは並々ではなかった。彼はそのことにつき一言も述べていないから、何の思いやりもない夫と受け取られるかもしれないが、はからずも八穂の「右足のスキー」の中に次の一節がある。

長患いで体がいたかろうから羽ぶとん、足が折れないから椅子セットと用意してくれた夫、

作中の女主人公マキが一人住みの便利な家を建ててほしいと、夫にねだる場面だ。

昭和九年九月に書いた「初秋の鎌倉」というエッセイの最後の方に、

妻は夜衾《よぶすま》の襟を引き上げながら

「ああ、もつと丈夫になりたい。」と独り言のやうに言ふ。夏の暑さがあたつて又少し身体を悪くしたのだ。

「秋になれば元通りになるさ。」次の部屋で本を読んでゐた僕は、から呟いて開けてあつた窓を締めに立ち上るのであつた。

とある。鎌倉へ移って二年経っても、八穂の健康ははかばかしく回復したわけではない。その後の長い闘病生活を知って読むと暗然とする。それでも昭和十五年三月の「わが家の映画見物」を読

むと、《二年来病んで殆んど歩行の自由を失つてゐる妻、去年女学校を出たばかりの姪、それに女中》と四人で、鎌倉の活動小屋へ行く様子が描かれる。日活館の隣りの自転車屋へ電話して（日活館には電話がない）演し物をたしかめて、早目に夕食をすませ、自動車を呼んで行くと、女案内人が預けてある妻専用の籐椅子を据えて待っていてくれる。帰宅すると四人で縁側で映画の座談会を開く。映画の配役に一番くわしいのは女中である。《度重なるうちにさういふしきたりになつてしまつた。》

深田は長患いの八穂のためにさまざまに心を砕いている。上林暁の《この夫婦は辛い夫婦だつた》（一四三頁）という言葉が思い合わされた。

かつて金沢にいた頃、深田が「ジードの『女の学校』のようなものが書きたい」と話したことがあった。その時私はその作品を知らなかったので後に読んでみた。『女の学校』と次に書かれた『ロベール』の二作は、一組の夫婦の生活を、それぞれ妻と夫との立場から書き分けた心理小説である。

ずい分年月が経って後、深田の戦後すぐの作品を読む機会があった。昭和二十二年の「弟子」（復刊『文學界』十、十二月）と翌二十三年の「詩人の妻」（『社会』一―二月）である。二作とも深田が戦地より復員帰還して間もなく過ごした越後湯沢で書いたものと思われる。なぜそんな旧作を探し出してまで読みたいと思ったかと言えば、

（あの深田先生が、何故奥さんの作品を自分の作として発表されたのか）

その疑問がいつも重く私にのしかかっていたからだ。まだ大学に入る前後の、世間知らずの私が出会った先生は大らかで明るく、深いものを内に秘めた大人で、決してそんな醜いことをする人ではなかった。私は何時かそのことを真剣に考えてみなければならぬと思っていた。その思いは、金沢で先生に関するひそひそ話を聞かされた時以来、ずっと頭を去らなかった。それが本当であろうとなかろうと、どんな事情があったのか、私にとって切実な事柄だった。「弟子」と「詩人の妻」は題名からして読んでみたい作だった。

「弟子」は並木磙々舎という、かつてかなり文壇で華やかに活躍したという作家の、二人の弟子とその遺族の話である。弟子の一人は純文学の作家としてすぐれた作品を発表している。彼は師の並木の遺族に対しては冷たい。もう一人は通俗作家として世俗的には成功しているが、文学者としての評価は低い。しかし誰も顧みなくて孤立している並木の未亡人とその遺児の暮らしをずっと気にかけて見舞っている。彼は甘やかされ放題に育った並木の遺児と、息子を溺愛する未亡人に頼られて、遺児の膨大な借財を償うために奔走し、あげくに自分の命を落とすことになる。

この作は昭和二十一年に復員後、久しぶりに美しい日本の山々に囲まれていた時期に書かれた。折りがあれば家族で山に登り、冬はスキーに明け暮れして《原稿用紙は一月中にはついに一枚も埋まらなかった》（「湯沢の冬」）と言っている頃だ。その年の暮れに発表され、力作と評判であったらしい。しかし語句が固く、文章自体も以前の作品のような明るさ、伸びやかさを欠いている。さすがに帰還第一作なので緊張した様子が窺える。

次に「詩人の妻」を読んだ。これは志げ子夫人の第二子出産のために、郷里大聖寺へ転居する少し前に発表された。「なぜあんな女と夫婦になったのだろう」と話題になっている、ある詩人夫婦の話である。詩人は華奢な体で物思わしげな顔立ちの男性で、妻は大柄で砲丸投げの選手のような女性と設定されている。二人は《始めて訪れた眩しい恋の光の強さに、何の検討も加えず身を任してしまったのである》。その詩人の眼から見た、戦前戦後の社会の変わりようと、その妻の変わりようが描かれる。詩人であるが一向に収入のない夫に対し、妻は夫の詩人としての才を疑うようになっている。空襲に遭ったため詩人の郷里に疎開して、彼の両親や兄夫婦と同居してから次第に妻の気持ちがこじれだす。それまで全く嫁姑の苦労を知らなかった、聞きわけのない妻を抑える力が彼にはない。《丁度綱引きのように妻の我儘に引き込まれていくと、妻はそこを足場にして夫を自分の我儘にさらに引きずり込み、取り返すのが容易ではなくなる》。気の弱い詩人は妻の我儘を押し返すことが出来ない。やがて彼の母と妻の間に些細な言い諍いがおこり、兄嫁も絡んで、激昂した妻は子供を連れて東京へ帰ってしまい、詩人も気まずくなって妻子の後を追って上京する。その後もいっこうに実生活は豊かにならず、折角復員して訪ねてくれた親友をもてなすことさえ出来ない。詩人は妻のヒステリーに悩まされて家出したトルストイを思ったりしながら、差し迫った原稿もはかばかしく書けない。こんなくりかえしで最後はどうなるのだろうとうつうつ悩む。そんな売れない詩人の話である。

これらの二作を読むと、かつて書いた『知と愛』や『親友』のように、清々しくて軽やかな、世俗に対し反抗心を持った瑞々しい青春像ではなくて、生活の重みや人生の苦味を背負わされた中年の人生が描かれている。敗戦直後の社会情勢や彼がおかれていた境遇が感じられる。師の遺児の我儘や甘えを断ち切れなかった弟子や、妻の我儘に引きずられる詩人に、深田の当時の苦しい胸の内をつい重ねてみた。もし彼の『女の学校』が書かれたとすると、このような作品になったものか。いずれにしろそれは実現しなかった。

他方、昭和二十二年十二月に発表した「山の湯」(『新潮』)や「山の夕月」(『旅館と観光』)は、湯沢温泉に部屋を借りて、子供と共に何時帰るとも知れない深田を辛抱強く待っていた志げ子夫人への感謝と愛情を、小説の形を借りて隠さずに描いている。復員直後の深田にとってそれがどんなに嬉しいことだったか。ことに潔いほど甘えのない、さわやかな夫人の人柄が彼の心を癒したことが察せられる。

昭和二十三年の「わが小隊」(『群像』八月号)は、前年九月に郷里大聖寺に帰っているので、その頃書かれたものとみえる。戦後の深田作品の中ではのびのびした闊達な文章だ。敢えて小説と呼べるほどの構成を構えずに、幸い穏やかに過ぎた戦場での思い出を筆の赴くままに無造作に記したようにみえるが、実感を伴って作者の人間性が自然に流露する作品である。深田は戦場では本部と称される所には一度も属さず、終始兵たちと共に、最後まで歩いて移動して敗戦を迎えた。敗戦まで六十名ほどの兵士と共に、湖南省長沙からさらに山地に入った僻村の守備を任されていたのだ。五十名の小隊に機関銃一個分隊と無電班数名を付けてくれたのは、万一敵襲を受けてもすぐに援軍を期待できないことを意味している。作者ののどかな書き振りから安全な場所に居た小隊かと思わされるが、周りはみな敵地という危険に常時さらされる緊張は、目前に敵がいる怖さとはまた別の底知れぬものがある。深田は戦後しばらくの間、散歩中に小山を見ると、どこに歩哨をおくかということばかり頭にきた。《それはずっと孤立した小隊長ばかりつとめていた私の習慣の名残であった》と書いている（「当番談」）。

その地では勤務の暇に、彼は部下たちを幾つかのチームに分けて、手作りのボールとバットで野球をさせた。自分が審判長となって六大学リーグ戦さながらの大会まで行っている。ここには描かれていないが、運座を催して兵たちと俳句を作り、有り合せの紙で句集を作って講評を加えている。ここで作られた五冊の句集『龍頭』と敗戦後の『湖南句集』一冊は一人の部下の必死の働きで、戦後故国に持ち帰られた。歳時記一冊もない戦場での文学的営為である。今読んでも伝統的な俳句の立場に立つ見事な講評で、深田の文学観を知ることが出来る。

「わが小隊」は発表当時、それほど評判にはならず、むしろ軽く受け取られた。野間宏の『真空地帯』はもっと後（昭和二十七年）に出るが、戦場の悲惨さ、軍隊内部での腐敗や苛酷な支配関係をどぎつく誇張して描く作品が好んで読まれ始めた時期だ。深田はそんな傾向に対して、さりげなくこれを提供した。この作品自体が深田らしい健康な明るさやユーモア、冷静な観照性をもって、そのまま戦争への批判、さらに文学への彼の態度を示している。その頃、第三の新人と呼ばれていた若手の作家たちの間でかなり評価されていると友人から聞き、読み返したのを覚えている。

深田は昭和六年に金沢の歩兵第七連隊に訓練のため十か月入隊したが、翌七年のエッセイ「歩兵第七連隊」を読むと、こんな箇所がある。ある作家が軍隊生活を書いた短篇小説に関してである。


弱味噌な悲壮がり方が甚だ気に入らなかった。その後も僕はよく兵隊の事を書いてある小説を読んで見るのだが、どれもきまってひどく悲惨化して書いている。その誇張の仕方が僕には甚だ不満であった。苦しいことに甘えている風があって（後略）

大きな権力にも、あるいはそれに反発する社会勢力に対しても、絶対に自己をまげたり譲り渡したりしない深田の生き方は、若い頃から戦中戦後を通じて、変わらなかった。

大聖寺、金沢時代の小説は山を舞台にしたものが多く、それらは後に『雪山の一週間』（スキージャーナル社）として一冊にまとめられ、深田の歿した直後の昭和四十六年三月末に出版されている。山への情熱は片時も深田から失われず、昭和二十六年に金沢へ転居してからは、ヒマラヤの文献を集め読み込む、本格的な地道な勉強が始まった。

その頃、鎌倉で八穂は奇跡的に歩くことが出来るようになっていた。

昭和二十年五月に山形に疎開し、八月の敗戦後まもなく鎌倉に帰って来ると、その直後に『新潮』の編集者から電話で原稿を書くように依頼されたという。深田がまだ俘虜として中国にいて生死もわからない時期だ。深田への依頼ではなくて、八穂本人への依頼であった。この時初めて北畠八穂のペンネームで「自在人」という作品を書き上げ、それは『新潮』の再刊十二月号に載った。戦争末期には休刊になっていた『文藝春秋』その他の文芸雑誌が次々と復刊され、『新潮』は十一月号から復刊したばかりだった。

「自在人」の主人公、《こよない生れあはせ》と下々から羨まれ雲居童子と呼ばれる少年は、はるかな空を眺め暮らし、数多の鳥がさえずる森でもそれぞれの鳥の鳴き声、数など間違わずに聞き分けられる、魂の澄んだ賢い子どもだった。彼は身寄りのない、しかし美しい口笛を吹く乞食の少年と友達になった。二人は境遇こそ違うが、相ともに《大事な玉を支へてゐる》相手だった。一人が口笛を吹くと、もう一人が笛を吹いて合わせる、真正の友である。こうして二人さまざまに語りあって過ごすうちに、雲居童子は国に選ばれて人々の訴えを聞く役人となる。多くの人の訴えをうまく聞き取るのに苦労していると、不思議な符牒で書役よりうんと早く書く特技を持つ乞食の少年が、雲居童子を援ける。こうして二人は花や鳥の歌や、天然の成り行きや建築の美しさなどを語りあいながら成長してゆく。二人の話は、深遠な宇宙の摂理を語っているらしいが、表現があまりにも独特で、わかりにくい。

天然の趣くなりゆきを知れば、おのづと心は安らぐね。知るにはすこやかな心を持たねばならぬ。すこやかな心を養ふかてを、大建築の中にたくはへるのだな。天つ則にかなはせんために美しさはかぎりなく現れよう。民人の宝だね。この宝によつてゆたかになれば、流れる水を見るまなこもよく落ちつかう。

これは童子の問いに答える乞食少年の言葉だ。以前、私は再三読んでようやく理解したと思ったが、今読み返しても古代の詩の一節を見る気がしてわからなくなる。

翌昭和二十一年に発表された「アカシア族と眞子」(『女性改造』)は幼い眞子(八穂の分身)と、祖父母の家の果樹の実を盗みに来る汚らしい村の子供たち(アカシア族)との話だ。眞子は無作法な村の子供らを嫌っているが、どうしても心から嫌いになりきれない。自分がもっと素直になって、弟子の足を洗ったキリストのように、レプラの病人の膿を吸った光明皇后のようになろう。そして無作法な田舎者のアカシア族をよく導こうと決心するまでの眞子の心の筋道を描いている。この作は「自在人」に比べればよほどわかりやすいだが、それでも肝心の部分は繰り返し読んで想像力を働かす必要がある。

昭和二十八年刊行の『あくたれ童子ポコ』(光文社)は書下ろしの長篇小説である。敗戦後の貧しい津軽の漁村に住む少年三浦一《はじめ》(あだ名ポコペン、略してポコ)が主人公だ。父親はポコが生まれてすぐ樺太へ兵隊になって行き、それきり帰ってこないのだ。母親と祖母とポコ三人で極貧の暮らしをしている。しかしポコは少しも貧乏にへこたれない少年だ。母は石かつぎで稼いでいたが、どうしてか不意に姿を消した。横浜に住んでいた従兄のトモヨシが帰ってきて、彼とポコ一家は村から離れた浜辺の岩穴で暮らし始める。ポコの父の甥になるトモヨシは、少年航空隊に居た時に横浜の空襲で家族みなを亡くしたのだった。ポコ少年の、貧しさにめげない逞しさと優しさを描き、敗戦後、占領下の三沢の米軍基地を近くに抱えた東北の生活状況を感じさせて、かなり評判になった作品だ。

著者はポコ少年の顔立ちを形容するのに、ポの字形の右目、コの字形の左目、ンの字の鼻、ペの字の口、と表現する。ひたいのまん中のいぼは位星《くらいぼし》だ。それはいいが、作品の最後までポコの表情を描く時にポの字の目、コの字の目、ンの字の鼻、位星……と省略せずにいちいち繰り返し、それを押し通している。他にもこのような繰り返しは多くあり、その執拗さは並外れたもので、読む方はそこに一々引っかかって流れが停滞する。著者はそんなことはお構いなしで、ポコの喜びも驚きもすべて「ポコペン」と表現している。

ポコが村の分校に通学する時、一緒に行く精神薄弱の少女に示す優しさはポコの性格の大事な部分だが、なかなか読み取りがたい。話の筋の飛躍は比較的少ないが、著者独特のわかりにくい比喩は健在で、ポコが、自分が他人から必要とされていることを覚った時に、

カッコウの鳴き声ほど、日本海ほどわかった。

とあると、読む方はエッとなる。このわかりづらさに馴れるのに苦労し、馴れたころに読み終わる。講談社文庫の本著に付記された児童文学者石川光男の解説を読むと、津軽の方言で書かれた相

当に読みづらい作品だが《根気よく精読して、この作品を十分に理解していただきたい》とある。最後まで八穂の独りよがりの感性につき合わされる感じがした。これも詩人の一つの特権と言えようか。

かなり評判となった歴史小説『東宮妃』などでもやはり同様に飛躍する文章、独特の比喩を駆使していて、頑固に自分の感覚を譲らない。評論家川村二郎は『現代の女流文学2』(毎日新聞社)の解説の中で『東宮妃』について《きわめて独特な、一足ごとに軽く跳ぶような叙述の文体、(略)感覚の受容したものを極度に精妙に再現しようとする手法》《筋立ての表面の変化にかかわりない、語り手の自若たる感覚への信頼》などを挙げて、《物語の霊そのものが愉しげにくつろいで語りつづけるかのような趣》があると言い、女流文学全般の特徴の《ナルチスムス》、すなわち自己への固執が見られることを述べている。戦後の八穂の作品には、どれもその特徴が色濃く見られる。それは時には評論家をしてお手上げだと言わせるほど強烈なものであるが、素晴らしい詩作に凝縮することもある。

詩を一つ挙げよう。

しんじゅ

むくのからだについた

かなしみのきず
いたでのあと
それはみんな
わがみからにじませた魂のしづくで
しんじゅにならねばはづかしい。

かぞへませう
きずのあと
はかりませう
きずのあとを正しく
そしてしんじゅにならす
魂のしづくを調へませう。

それはずゐぶんかなしく
ずゐぶんいたく
でもまたずゐぶんと
うれしいしごとですから

そのうちどれ一つ忘れずに
ありだけはつきりと静かに。

エスさまはあがなひに血と切なみを
いなずまの栄光にして
天にのぼられました。
私共もせめてしんじゅのよそほひで
それをさん美するうたと
まぼろしを弔ふうたをうたひませう。

美しいものの外に
在るといふ命はゆるされないのです。
その外の凡そのいとなみは
美しいものを在らすために
かげぼふしのやうに亡びてしまふ
はかないつらいまぼろし故。

これは昭和二十一年の『新潮』（九月号）に発表された詩で、当時草野心平に「あれはよかった」と褒められ《ものを書く自信を深めました》と八穂が書いている（「草野心平さん」〈鎌倉文士交遊録〉）。無垢の体についた傷とは、生涯八穂を苦しめたカリエスを指し、その病を恨まず、病からにじみ出た滴で自分の魂を真珠のようにしようという決意を詠って、なんの説明もなしにわかる優れた作品だ。八穂特有のナルシシズム、自己への固執は濃厚であるが、詩ゆえにそれは瑕《きず》とはならない。詩にすぐれた作品が多い。

その年、深田が中国から帰国してまた別の苦しみが始まるが、深田と別れた直後から八穂は旺盛な創作意欲を爆発させ、次々と作品を発表し始める。小説、詩、児童小説、童話、随筆の類で、文芸誌ばかりでなく少女雑誌『ひまわり』や婦人雑誌など、求められるままに書いている。敗戦後、ようやく自由に読み書きできる時代となり、雑誌書籍は多くの人に求められた。

昭和二十四年に『暮しの手帖』（二号）に書いた「津軽の冬ぐらし」は熱い郷土愛に裏打ちされて、息もつかせぬ勢いで津軽独特の豊かな食べ物やその作り方、風習を列記している。冬仕度の漬物の種類のいろいろ、細々したその準備のやり方、漬物の食べ方、貝焼き鍋のやり方、さらに着るものの説明、サシコギンのこと、桃色やえび茶、紫色のかぶり布のこと、おこそ頭巾、角巻の色、雪室の話などなど、飛躍や晦渋さはないが、胸いっぱいの故郷への思いを息も切らさずぶちまけるように書いているので、読んでいる方が息切れがして置き去りにされてしまう。

同じく『暮しの手帖』（二十七号　昭和二十九年）に書いた随想「津軽ことば」を読むと、津軽ことばには岡ことば、浜ことば、村ことばと区別があり、さらに住んでいる場所、職業、身分によっても微妙に分かれているという。標準語に通訳されないとよそ者には殆どわからない。八穂の母は丁寧な弘前ことばを使ったが、八穂は二人の守り女と遊び友達から習った津軽ことばを使い、母にきつくとがめられた。しかし八穂は《赤貧洗うばかりな》守り女たちの言葉には、《詩の韻律がある》と書いている。彼女の文章の独特な飛躍とわかりにくさは、津軽ことばのそれに通ずるものがあるようだ。説明は殆どしていない。そして津軽ことばがそのままで詩になることもわかる。もちろん八穂は生のままの津軽ことばを書いた時は（ ）を付して通釈している。八穂は幼い頃から母の感化を受けた熱心なキリスト教信者だ。《エス様とは胎内からのつきあい》と言うほどで、日曜学校で讃美歌を歌っていた幼い時、イエスが髪をさらさら撫でてくれたという神秘的体験をして以来、キリスト教については独自に勉強をしたようだ。どこの教会にも属さず、神父や牧師の指導も受けず、《エス様と直接取引》という信仰を固くもっている。そして心の中でエス様と対話する時にはひとりでに親身な津軽ことばで話すのだという。

「のうつてば、エス様、あのし、わ、今日の、」エス様もまた、津軽ことばで答えてくれる。
「ヤ、マコか、どしたば、ンガ（汝）」そのあとは、もつぱら津軽ことばをきわめて、たのしい問答をするのだが――。それからホーハイぶしが讃美歌になる。

八穂はその独特の津軽ことばの文体を駆使してさまざまの作品を生み出した。ことに児童文学は、戦後の津軽地方の、恵まれない子供たちを元気づける作品が多い。先に述べた『あくたれ童子ポコ』をはじめ「十二歳の半年」や「ジローブーチン日記」、一連の「マコチン物語」「千年生きた目一つ」「耳のそこのさかな」「御伽草子」等々無数にある。そして大人向けの作品も書く。

その頃、アメリカで発見されたストレプトマイシンその他、抗生物質による結核の特効薬が日本でも使われるようになって、長年八穂を苦しめたカリエスの進行が止む。なお後遺症に苦しめられるが、行動範囲はぐんと広がった。昭和三十四年には交通新聞に連載小説を書くことになり、若く元気なお手伝いに背負われて、修学旅行の思い出のある奈良や京都、もっと遠く九州から北海道まで取材旅行に出かけている。片手にはなおカリエスの傷跡から出る膿を手当てするための消毒薬、ガーゼ、脱脂綿の包みをぶら下げての大旅行であった。

七年も寝たきりだった重病のため、移動には必ず介助が必要な不自由な体である。

立った腰が直角に曲ったまま。すんなり伸ばした左手の指を左の腿にあてがい、軽く左足を引きずりながら案外苦もなく、くの字に折れた身体を運ぶ。長患いのカリエスで、背骨がいびつに固定してしまったのだ。

（小島千加子『作家の風景』）

長年の病苦とその後遺症と、離婚の痛手を乗り越えての活躍である。彼女の生命力と気丈さは並大抵ではない。

昭和四十六年に出版した『鬼を飼うゴロ』（実業之日本社）は、翌四十七年に野間児童文芸賞とサンケイ児童出版文化賞大賞を受けた。この作品の主人公ゴロ少年（三浦吾郎）は耳の奥にポンチという鬼を飼っている。この鬼はたえずゴロの話し相手になり、ゴロを励ましたり、叱ったりしてくれる。耳の奥に何かが住むという着想は、「耳のそこのさかな」その他にも見られるが、やはり八穂ならではの卓抜なものと思う。両親は遠くへ出稼ぎに出ていて、ゴロは知恵おくれの姉とおばばと三人で暮らしている。東京オリンピックや大阪万博で好景気に沸く日本だが、恵まれない地方で貧しい日々ながら、ゴロは学校の先生や駐在さん、本家の親父や寺の爺さんに見守られて、逞しく育っていく。ゴロの目を通して「おら」という一人称で最後まで語っていく作品だ。正月の休みにゴロが知恵おくれの姉とおばばを誘い、学校の裏山の原っぱに蓆《むしろ》を敷いて、ミカンやドロップを食べ歌を唄いながら山正月をする部分は、ゴロの優しさ、繊細さが印象的な場面だ。以前みられた文章の難点も強い自己愛も影を潜めた、優れた出来ばえを示している。

八穂の戦後の作品を順を追って読むと、独特のわかりにくさは長くつきまとうが、次第に澄明な鋭い詩的直観により対象を把握し、観照的な表現を獲得していくのがわかる。ことに晩年に出版された『透きとおった人々』などにそれが感じられる。「透きとおった人々」とは、自分より先に逝った人たちを指す八穂独特の造語だ。本のまえがきにあたる短文の中で、《あなた方は透きとおってしまわれました。透きとおったままに、あなた方は、なおありありと見えてきたところがあります》と呼びかけて、冒頭に若くして逝った中原中也をとり上げている（「中原中也さん」）。

貝の身が、貝ガラなしで歩いているいたいたしさで、貝ガラを探して被せたくなりました。

本質を突いたなまなましい表現とそれを悼む気持ちが直截に感じられて、読む者の胸を刺す。中也は八穂とキリストについて話したがっていたようだ。晩年になるほど、八穂は自分の感覚への確たる自信を持ったまま、甘えを去り、強烈な自己愛をも客観視するようになっていった。私の読んだ限りでは『透きとおった人々』や、〈鎌倉文士交遊録〉として『青森ＮＯＷ』に発表された一連の随想はどれも優れていて、多くの文士たちの生きいきとした「端見の素描」となっている。

4

昭和十八年までに深田久弥の名前で出た『津軽の野づら』や『知と愛』『続知と愛』『親友』『贋修道院』『鎌倉夫人』の他に、私の読んだ小説集が九冊ある。その半分あまりは八穂が下書きをして、深田が手を入れて仕上げた作品と感じられた。それらは八穂が《この人〔深田を指す〕はいずれ凄いものを書く筈の人。それを書くまでのツナギにちょっとの間》（小島千加子『作家の風景』）自分が書いた、それが長く続いたと人にも言い、《夫の体になってメシをたいてきた》と「右足のスキー」にも書いている作品群であり、作家北畠八穂の習作であろうと私は思った。昭和八年に出た『翌檜』はじめ『雪崩』『青猪』『雲と花と歌』『翼ある花』『紫匂ふ』『紫陽花姫』『命短し』『をとめだより』の九冊に含まれる多くの作品である。他にもあるかもしれない。

この内、『をとめだより』（昭和十八年）などは文章に流露感があり、全くの八穂の世界を創りあげている。深田はおそらく文章を手直しする程度でよかったろう。この辺りが、八穂が作家として独り立ちできる時期だったのではないか。深田もそれを感じたにちがいない。それ以前にもそんな時期はきっとあったかもしれない。もし深田がそれを全く感じていなかったとすれば、鈍感との誹りは免れない。あるいは自分の恵まれた境遇に安住しきった脇の甘さを指摘されても致し方ない。しかし夫婦仲は最悪の危機にあり、互いに冷静に話し合う機会を持つことがついに出来なかった。翌年三月には深田は応召して中国へ出征し、そのままになってしまったことが惜しまれる。

前述の佐藤幸子著『北畠八穂の物語』に付された年譜には、以上の九冊について全く記述がない。佐藤氏は晩年の八穂と交流があり、八穂もすべてを話すからと佐藤氏への手紙に書き、本の完成を楽しみにしていた様子なのに、なぜそれらを無視したのか、不思議に思われる。佐藤氏は昭和五十四年に鎌倉の八穂を訪問している。その時八穂の略年譜を作成する約束をしたという。しかし八穂が五十七年三月に亡くなるまでに出来上がらなかった。詩誌『歴程』が北畠八穂追悼の特集号を出すことになり、主宰の草野心平の要請によって佐藤氏は略年譜を急いで仕上げ、未完のまま『歴程』（七月号）に載せた。さらに平成十七年に『北畠八穂の物語』を出版する際に完成させて巻末に収録した。略年譜は八穂の内弟子白柳美彦と相談しつつ作られたものなので、八穂が日頃から語っていた通りに完成したのだろう。二人とも八穂の言葉を深く検討することなく、鵜呑みにしていたのではないかと思われた。

略年譜の昭和十四年の項に、八穂の下書き作であることを示す＊印をつけて、『知と愛』が記されている。それには、

八穂は最も体調の悪い時であったが、病床で書きなぐった。生活を支えるためであったが、書くことは八穂を自由な世界へ誘った。『知と愛』は売れに売れ、多くの印税が入ってきた。

と付記している。同著の本文「病気との闘い・代作時代」の章にも同じ記述がある。私はこの部分に疑問を持った。佐藤氏は略年譜を作るにあたって『知と愛』を読まれたのだろうか。

昭和九年の小説集『雪崩』に収録された短篇「一昼夜」は、一高生の一昼夜の無鉄砲な行動を描いたもので、それはやがて「強者連盟」になり、さらに書き継がれて『知と愛』となって昭和十四年に刊行された。深田が書いた「『知と愛』の思い出」によると、

私は自分では代表作なんて決めていないが、世間の判断によって（略）売れ行き部数の最も多

かった作品を挙げれば、それは『知と愛』である。(略)そのころ私はジイドの「贋金作り」や「法王庁の抜穴」を大へん愛読していい、その中に活躍する青年や若い娘に非常にけん引力を感じた。イキのいい青年たちを中心にして、俗人的な大人の世界をけいべつする、そんな小説が書きたかった。

そこで私は主人公に高等学校の生徒を選んだ。(略)田舎からポッと出の青年がはなやかな都会生活に魅力と反抗を同時に感じながら、その若いエネルギーを発揮して行くというのが、私の好きなテーマであった。

とある。その言葉のように深田はジードの『贋金作り』中の青年たちの自由な行動に触発されて『知と愛』を書いた。『贋金作り』はベルナールという私生児の青年の自由奔放な言動とそれに翻弄される大人たちや、「強者は死を怖れず」をモットーとして「強者連盟」を作る三人の背伸びした少年たちが、ある純真な少年の勇気を試すと偽って、死に至らしめるまでを詳細に描いた長篇の心理小説である。

『知と愛』は、深田の故郷大聖寺と思われる北陸のS町から旧制第一高校に入った由比梅郎の奔放な行動が描かれる。梅郎と同郷の作家大杉伴三の二人はともに著者の分身といえる。大杉の妻の妹亮子は女子医専に学ぶ医師の卵、さらに大杉のライバルである作家たち、挿絵画家たちが行き交う文壇仲間内の狭苦しい雰囲気がかなり濃厚に描かれる。その都会的な様子に惹かれたり反発したりする若い梅郎の自由気ままな行動、亮子が実習に行く病院での様々な人間像。若い女医の卵も、田舎出の一高生も前途にはただならぬ時代が待っているのだが、病院で医者になるための実習をしながら親の勧めるお見合いをしてみたり、無理に酒を呑めるようになろうと苦しい修業をしたり、二人とも青春の最中にいる。亮子の小学校時代の友人鐵子《てつこ》が、偶然彼らが行くバーの女給になっていたことから友情が復活する。鐵子は恵まれた境遇の梅郎や亮子と違い、津軽出身で親の借金の返済のために売られたのだが、そんな境遇にも負けずに自ら前途を切り開いていく健気な娘だ。亮子と鐵子は小学校時代より一層成長して、たがいに相手を尊重し合う親友となる。亮子が病院実習で忙しい日々の息抜きとして春休みに北海道へ旅行し、札幌にある友人の家に滞在中、一高三年の卒業を諦めて、北海道を旅していた由比梅郎と偶然に出会うことになる。ここで『知と愛』の前篇は終わる。この著書は深田が書くように、彼の作品の中で、売れ行き部数の最も多い作品であった。

津軽出身で恵まれない境遇の鐵子の存在などに八穂の影響が見られるが、世界観、登場人物、彼らの言動、それら殆どが深田の世界であり、知的な構成を持つ。対象を冷静に見る観照的な明晰な文体も深田のものである。八穂が《病床で》寝ながら感性にまかせて《書きなぐ》れるような、感覚的な作品ではない。その四年後に刊行された『親友』も『知と愛』同様に若い学生たちを描いた作品で、戦時下に息苦しい日々を送る若い人々に静かに読まれ広がっていた。戦後は角川文庫にも入っている。しかし『親友』については略年譜では全く触れられていない。先に述べた九冊の著書の半数余りの作品も無視している。そして最も《売れに売れ、多くの印税が入ってきた》『知と愛』

のみ、自分が書いたと主張するのは不自然なことだ。八穂の甥・北畠道之氏の文章に《願望がアタマに巣喰うと、事実との見境がなくなるのである。(略)煮ても焼いても喰えない、ケチケチと計算高い叔母と、素朴で単純で間抜けでさえある叔母と》(一三二頁)とあるのを思い出さざるを得なかった。

近藤信行著『深田久彌　その山と文学』は「昭和文学　謎の名品」の章で『津軽の野づら』に言及しており、その中に《深田久彌は大聖寺では聖人のようにあつかわれているが、青森に行くと、泥棒よばわりである》とある。大聖寺でも深田を聖人のようにしているわけではない。ただ遠慮深く引っ込みがちなこの町の人々とは全く違った、大胆で積極的な深田の明るい人柄に強く憧れ、敬愛しているだけである。青森で「泥棒よばわり」されるのは腑に落ちないが、しかし佐藤幸子氏の著作だけを読んだ人は、深田を「泥棒よばわり」するかも知れないと思った。

北畠道之氏が金丸とく子氏に、八穂の伝記を書く際には《八穂文学への心酔者としてではなく、冷静中立の立場で決して綺麗事で書いてはならない》(一三二頁)とことさらに指導したのは、このような事態を危惧してのことだったろう。八穂は深田久弥・志げ子夫妻歿後、もう誰も事実を知る当事者のいない時期となって、このように『知と愛』を自分が書いたと主張している。

同じく八穂の略年譜に＊印のある『鎌倉夫人』はどうであろうか。昭和十二年、初めての新聞連載小説である。三章に粗筋を書いたが、作品の細かい筋書きなどは二人で相談しあったことは考えられる。ただ軽いユーモアとアイロニーを含む軽快な、しかも格調正しい文章は、明らかに深田のものと感じられる。

八穂は川端康成のことを書いた文章の中で、『鎌倉夫人』を朝日新聞夕刊に書くと決まった時に川端から直接に助言を受けて、

代作は極秘にしてあるのに、
（川端さんは見通しかもしれない）

と、恐れたことを書いている（『透きとおった人々』）。八穂が深田の作品に協力していることなど早くから川端には見抜かれていたはずだ。八穂だけが極秘と、強く思い込んでいる。深田も少数の人たちに知られていることは感じていたはずだ。

しかし朝日新聞の夕刊という目立つ紙面に連載する大役を、八穂にすべて代作させるほど深田は迂闊な作家ではない。毎夕、身近に住む作家たちに必ず読まれるのだ。油断できるはずはない。作品の舞台となる鎌倉、そこに多く住む海軍将校や富裕層、上級サラリーマンの家族たちの日常、また明るく健康な駅前のバスガールたちの働きぶりもよく観察して書かれている。文章のきびきび快い運びと明晰な会話の進行は明らかに深田のものである。もちろん夫人たちの着物の柄や持ち物のこと、日々の暮らしぶりなど、八穂の知恵を借りたことも間違いない。夫人たちの会話なども八穂

と相談しただろう。所々に八穂らしい言葉づかいも見られる。「清々」と書いて「せいせい」と読ませる個所が二か所、「きよぎよ」と読ませる個所が二か所あるが、「きよぎよ」は八穂独特の言葉づかいだ。また健康な人を「たてよこ共に丈夫そうな」という言い方も八穂の癖だ。それらは所を得て適切に生かされている。八穂の協力があったことは明らかだ。

この連載は三十五回と短いものであったが、すぐに改造社から単行本化され、昭和二十九年には角川文庫に入る。私の手元にあるのは昭和三十五年の八版で、やはりかなり版を重ねたことがわかる。

昭和十四年の「北海タイムス」の新聞小説『贋修道院』も、同年中に新潮社の〈昭和名作選集〉に収められて版を重ね、戦後も昭和三十一年に角川文庫に入った。この文庫版に解説を書いた評論家の小松伸六は、当時東京帝大の学生であったが、軍隊入営を前にしたやりきれない「灰色の季節」のなかで、『贋修道院』を《微笑しながら読みつづけ》たと書いている。

これは人生に躓《つまず》いて切羽詰って修道院に入ろうとするが修道院から拒絶される女性たちを救おうと、三人の女性が函館のトラピスト修道院の前に「甦《よみがえ》りの家」を建設する風刺作品である。とはいえ風刺性はそれほど強くない。「甦りの家」に漂いつく女性のうちトラピスト修道院に断られた女性は一人だけで、売春宿へ売られる所を逃げてきた女、缶詰工場から逃げてきた六人の女、函館の遊郭で花魁だったという二人、不良と言われて逃げ込んだ女学生、この家の内部を探ろうとお手伝いの振りで入り込む女やくざまでさまざまである。

彼女たちを自然主義的なリアリズムで描いたら、どんなドロドロしたものになるかと思われるが、そうはならない。「甦りの家」を作った三人は、女たちに裁縫、機織り、編み物、描き更紗、木彫り、染色など教えて自活させようとする。それも中々すんなりと事は運ばないのだが、紆余曲折の末にこの家から姿を消した女が、やはりここが良かったのか思い返してひょっこりと帰ってきたりする。やがて三人は世間がこの家を『贋修道院』と言っていることを知って、顔見合わせて可笑しそうに笑うのだった。

この作品も、題材とか地域性から考えて八穂と相談して書いたのではと思ったが、年譜では全く無視されている。この略年譜は検証すべき点が多いように思われた。

八穂の「右足のスキー」に、主人公マキが《あの時はああしたし、この時はこうしたのに》と夫を責める部分がある。彼女は、あの時の原稿は書いて上げたし、この時も書いたし…と言いたいのだろう。それに対して夫が、

寝て居てタイクツだろうと、やらせといた。

と当然そうに答える場面がある。以前は《もののわかった親か兄の、かばい方、言い含め方をした夫》だったのに、《夫の答え一つずつは、マキの息をふさいだ》。作品中のマキは何よりも夫に尽

くし、夫のためにすべてを優先させる女性と設定されている。この部分を読むと、重病の妻が夫のために仕事をさせられるむごい言葉ととられるかもしれない。作品から離れて、現実の深田・八穂の場合も実際にこのような場面があっただろう。どんなに教養のある理解しあった夫婦でも、一旦仲がこじれて離婚寸前の修羅場に到れば、ひどい言葉も出てきて当然だ。深田の中で、何かがぷっつとたち切れた瞬間だったかもしれない。

よく考えれば、重病の妻が大変な苦痛の中で原稿を書くのを黙って見ている夫があるだろうか。病気に障るから止めよと夫は言ったはずだ。しかし妻は絶対に止めなかった。これが夫のための仕事であると固く信じて貫き、事実その文章を整えて夫の名前で発表すれば、原稿料も入った。だがそれ以上に、《書くことは八穂を自由な世界へ誘った》とある略年譜の一節に、私は現実味を感じ、納得する。なぜなら八穂は自由に外出して映画や芝居を見たり、行楽に出かけたりする楽しみが出来ない体だ。何をするにも他人の助けがいる。唯一の自由な楽しみは心に浮かぶイメージを書きつけて文章に定着させることだろう。生来の詩人である八穂の心には様々なイメージが湧いて像を結ぶ。幼い時に祖母や両親に聞かされた話からでも、日々の新聞やラジオのニュースからでも、自在に汲み出して物語が生まれる。それらを書きつけている間は病の苦痛を忘れ、生きている実感を味わえる。生み出された作品は作者を支え、生きる力を与える。言葉が、それを生み出した人を支える。ものを書く人なら誰でも実感する喜びだろう。たとえ親や夫であっても、それだけの力を与えるのは至難のことだ。作家である夫にはそれがわかる。だから《寝て居てタイクツだろうと、やらせといた》のである。実際、八穂は自分がこうと決めたことは絶対止めない人であった。自分が生活を支えているという強い思い込みも生きる力となっている。北畠道之氏が書いた「さようならアクタレわらし」の最後に《「まあ勝手にやっていてくれ」といいたくなる人なのであった》とあるのが思い合わされた。

北畠八穂の遺著となった『津軽野の雪』の中の「津軽の婆さま」は、彼女が入院する直前まで書いていた最後の作品だという。その中に「貧乏をなつかしむ老夫婦」という短篇がある。二人が一人かと言うほど気の合った若い夫婦が始めた商売が、女房中心にうまく回りはじめ、亭主は組合やつきあいの方を受け持ち、商売は繁盛しだす。金はどしどし入ってくる。暇になった亭主はゴルフや友人との遊びに夢中となり、やがて女遊びにふけるようになる。家に帰っても忙しい女房は使用人たちに取り囲まれていて、相手にしてもらえない。ますます外の女たちに惹かれるようになる。やがて年寄って、女たちは亭主から遠ざかり、女房も商売を若い者に任せて二人で隠居する。山家風な鍋料理をつつきあいながら「貧乏なあの頃もよかった」などと話すようになる、という短い話である。二十一篇ある短篇の十九番目に入っている。

七十八歳で亡くなる間近になって、このような作品を書いていたことに胸をつかれた。彼女はおそらく終生寂しかったのではないだろうか……。

終章　二つの旅

1

「鎌倉のお義兄さんの家はねぇ、縁側で日向ぼっこしとると「やあ」って言って大佛次郎さんや小林秀雄さんが庭の木戸から入っていらっしゃる、そんなお家だったんですよ」

大聖寺の深田民さんからそんな話を伺ったのは、深田久弥の文学碑が建てられてしばらく後、まだ弟の弥之介さんもお元気で、資料を見せてもらおうと二度ばかり深田紙店を訪ねた時のことだった。民さんは懐かしそうに話された。戦後の大聖寺、金沢時代の深田からは想像もつかない、鎌倉での華やかな日々が感じられた。

昭和十二年の秋、弥之介さん民さんご夫妻は新婚旅行の途次、鎌倉の深田家を訪ねた。あいにく深田は不在で、八穂に会ったという。「鎌倉の人は怖い人でした」といつか民さんが言ったのは、この時の印象だった。八穂はとても痩せていたという。以前頂いた民さんからの手紙に「鎌倉の義姉（本名美代さん）とは一度お会いした丈で、お手紙は沢山頂いていましたが、一寸変った文でした」とある。

その三年ほど前、大聖寺で大火があり、深田の実家も類焼した。家を再建する間、両親は鎌倉の息子の家にしばらく身を寄せていたことがある。鎌倉見物を兼ねて、その間に八穂を長男の嫁として相応しいかどうか、見極める目的があったものと思われる。このことは前にも書いた。両親にしても、息子の嫁をいつまでも籍を入れずに放っておいてよい、と思っていたわけではない。大聖寺人は昔から律義者だ。しかしその結果として、八穂の入籍は深田の父弥一の歿する昭和十四年の翌年まで待たねばならなかった。

深田が暮らしていた鎌倉周辺を訪ねたいという長年の夢が実現したのは、平成二十六年（二〇一四）五月のことである。横浜出身で鎌倉の地理に明るい友人が、深田の最初の住まい大塔宮前の辺りと、その後に移り住んだ歌の橋近くの二階堂の家の場所を地図上でほぼ確定してくれた。さらに大佛次郎、久米正雄、小林秀雄、永井龍男、神西清たち、当時深田と親密な交流のあった文士たちの住まいも推定し、文学事情に明るいという観光タクシーまで予約してくれたのである。友人三人と鎌倉を訪ねたのは五月下旬のことだ。やや暑気ばんで梅雨近くを感じさせ、私の体調も傾きかけていた。しかしその時期を逃すとまた秋まで待たねばならない。老年になると何かにつけ体調が足を引っ張る。少し自分で自分を鞭打つように励ました。

鎌倉はよく晴れてさらっとした気持ちの良い風が吹いていた。思い切って出かけてよかったと、ほっとする。昼食の後、待ち合わせていた観光タクシーの案内で、文士たちの荏草《えぐさ》句会の名の由来となった荏柄《えがら》天神へ向かう。荏草（古名「えがや」）は荏柄の古称だとか。この神社の近くにある知人邸でよく句会を開いたところからその名前がついた。深田の「僕の俳句履歴書」に依れば、彼は初め俳句に余り乗り気ではなかった。しかし一度ホトトギス派の大きな句会に文士たちが参加した時に、誰も深田の句を採らなかったのに高浜虚子だけに二句選ばれて認められて以来、次第に熱中するようになり、戦場に於いてもまた戦後も終生、句作をやめなかった。

僕は文壇には先生と呼ぶ人を一人も持っていない。（略）ごく自然に先生と呼べるのは、虚子先生だけである。

（「僕の俳句履歴書」）

と書いている。

荏柄神社から近い大塔宮前の最初の住まいも、歌の橋近くの二階堂の住まいも当然のことながら跡形はなく、新しい家が建てられている。ことに二階堂の家は十一部屋もあったというから、かなり広い敷地であったろう。その家は一高時代の友人の持ち家で、電気代電話代のみ負担して家賃は無料という条件で入居している。誰も住む者がいないのなら僕が住んでやろうという気分で入居したという。借りる深田も貸す友人も、旧制一高時代の稚気と友情をそのままの、恵まれた時代であったことがわかる。番地から見つけたその場所は、広い駐車場のある家となっていた。

二階堂の深田家跡からほど近い久米正雄邸跡は、すっかり更地になっていた。旧居は彼の故郷に移築したとわかった。更地は主の不在を際立たせ、もとの気配をいっそう生々しく感じさせる。彼の故郷郡山のこおりやま文学の森資料館に久米正雄記念館があるという。

　神西清の旧居は久米邸からすぐ近いとわかって、そのまま歩いて向かった。探し当てた番地の家の門に「K」という表札がかかっている。かなり大きな家である。神西さんの後に住んでいる人かと思って訪ねると、

「うちが神西さんの大家です」

　と、きっぱりしたお答えが返ってきて、どきっとさせられた。そういえば八穂の『透きとおった人々』の「神西清さん」の章に《大地主の庭の中の離れ屋》とあったのを私は忘れていた。たしかに広い庭の彼方の木立の中に離れ屋の建物が見える。かなり年配のK家の奥さんは、神西さんの娘さんが関西の大学で音楽を教えているなど、いろいろ話して下さった。後に深田の短篇「通信」(『青猪』収)の中に、K家らしい家が書かれた個所を見つけた。これは二人の若い作家の往復書簡の形をとった作品だ。その一人は鎌倉に住み、もう一人は中央線沿線に住んでいるという設定だ。一人がある日、鎌倉で翻訳をしている先輩を訪ねる。

　その界隈一番の大金持ちの離れ屋を借りて住んでゐるのだが、刈りこんだ庭の木立から自然に山の木並に続くあたり見事な作りだと感じ入つた。茅葺の母屋の前で、そこの主人だといふ人が箕に小豆を入れて振って居り、質素だが小ざつぱりした身なりのおかみさんとおばあさんとが横でごみを拾つてゐた。百姓だが身代十萬を越すといふのだから、何か静かなゆとりがあ

った。

と、ただそれだけの描写だ。しかし昭和初期の鎌倉の、豊かだが奢らず、分をわきまえた人々の丁寧な暮らしぶりが印象深い。その離れ屋に神西は二十年ほど住んだらしい。神西清というどこか高踏的で純粋、気難しくて丹念な仕事をした作家にふさわしい住まいと思う。八穂が昭和十二年、深田と信州追分へ避暑に行き、カリエスが悪化して帰宅後そのまま寝付いた時、神西夫人はこの家から四十日も八穂の看病に通ってくれたのだった。

そこから少し戻り、再び荏柄天神を過ぎて東御門の石碑前を通ると、もうそこに短篇の名手であった永井龍男の邸があった。家の前に車が停めてある。門柱に紛れもない「永井」の表札がかかり、郵便受けも現役らしい。日差しを避けて窓に二枚のすだれが掛かっている。そして門柱脇の小さな標識に「玄関」と左向きの矢印が記されている。永井龍男邸は昔のままだが、今は代替わりして息子さんたちが裏手に新居を構えておられると察せられた。そこは歌の橋近くにあった深田家からも間近で、

二人の家の間は二百メートルと離れていなかった。その頃の鎌倉連中と酒を飲んでの戻り、二人はいつも同じ道を一緒にかえった。

（「永井龍男君のこと」）

と深田が書いている。東御門にちなんで、永井の俳号は東門居という。深田に九山の俳号をつけたのも永井だった。

谷戸谷戸に友どちありて良夜かな　東門居

久米正雄邸跡の生々しい更地、神西清旧居の大家さんと、次第に濃くなってくる深田の気配が、永井邸の前で一挙に高まって、胸がつまった。

永井邸から大佛次郎邸まではほんの近くである。タクシーと待ち合わせ場所を決めて、細い裏道を歩いた。そこは段葛《だんかずら》の道の近くのはずだが、観光客はあまりここまで入ってこない。大佛邸の庭の裏側には〈大佛茶亭〉と書いて猫の絵を描いた小さな標識があった。標識に従って広い庭の板塀に沿って正面に出る。

「野尻」と表札のかかった瀟洒な門の向こうに、さまざまな樹木の繁りが見える。野尻は大佛の本姓で、名前は清彦という。門前の左に〈財団法人鎌倉風致保存会保存建造物第一号「野尻邸（旧大佛次郎茶亭）」〉と説明板がある。〈野尻邸は、市内では希少な関東大震災前の建物です。建物は茅葺き屋根、数寄屋風のつくりで、広い庭園内の樹木と一体となった空間は、古都鎌倉の原風景とも言える貴重な存在です。また、趣のある門と板塀の続く路地は、かまくら景観百選に選定されています。／この建物は、一時期、鎌倉文士であり、古都保存法の成立に寄与した大佛次郎が茶亭として使用していたため、旧大佛次郎茶亭として親しまれています〉

猫が十五匹もいたというその住居は、細い道路を挟んだ向かい側にあったようだ。風致保存建造物第一号とあるところに、大佛次郎が横浜や鎌倉で果たした、あるいは日本全体で果たした社会的、文化的な役割の大きさを思わずにはいられなかった。私自身の小さな経験をいえば、大佛が朝日新聞に営々と書き続けていた『天皇の世紀』を、何とか遅れまいと読み続けていたのに、とうとう根負けして読み続けられなかった思い出がある。昭和四十年代のことだ。そしてこんな素晴らしい作家が休まず倦まず書き続けているから大丈夫だ、と訳もなく安心していた。

当時はまだ我々の親世代の作家たちが、次々と見事な作品を読ませてくれていたし、一世代上の老大家たちさえ、現実と渉りあう文学的活躍をしていた。広津和郎は戦後間もなく起きた松川事件の被告者たちが、真犯人ではないと直感して、十年以上にわたり裁判の批判を続けて『松川事件のうちそと』『松川裁判』を著し、被告たちを無罪とする大きな力となった。大正年間に『抒情小曲集』など清新な抒情詩人として出発した室生犀星も、独特の文体で『わが愛する詩人の伝記』『杏つ子』『われはうたえどもやぶれかぶれ』他の秀作を矢継ぎばやに発表していた。さらに年長の永井荷風も、歿する昭和三十四年まで見事な文章で『断腸亭日乗』を書き続けていた。私たちは大きな屋根に守られているような安心感があった。大佛は昭和四十八年に亡くなり、『天皇の世紀』は未完に終わった。

戦前のことに戻ると、大佛が横浜のホテルで書いている時、鎌倉の若い文士連が慰問に出かけ、飲んで待っているとそこへ大佛が現れたという。

鎌倉うちの誰かの宅で、鎌倉文士が集まれば、そこが大佛邸に近い場合、大佛さんからごちそうが運ばれました。

だいぶ、ごちそうになったころ、大佛さんもあらわれました。


八穂の『透きとおった人々』の「大佛次郎さん」の一節である。

大佛邸からほど近い所に、小林秀雄の旧居もあった。道行く人が我々の問いに答えて、「小林秀雄の家の跡は広いので四つに分筆して、今、四軒の家になっている」と言い、さらに向こうに見える木立と屋根を指して「あの家が吉田秀和の家で……」と聞かないことまで教えてくれる。もっと何か教えたそうな様子だった。小林は鎌倉で幾度か転居している。昭和七年、深田たちが鎌倉に来た頃には雪ノ下に住んでいたが間もなく扇ガ谷《おうぎがやつ》に移り、その後また大佛邸に近い雪ノ下に戻った。そこは戦後長く住んだ家と思われた。

深田と八穂が鎌倉に移った後から次々と鎌倉へ移住する文士たちがあった。佐藤正彰、永井龍男、神西清らは深田に続いて定住している。林房雄もプロレタリア文学派に属していて治安維持法違反で検挙され、翌年転向して刑務所から出所するとすぐ、十一部屋あったという深田家に夫婦で泊まり、その間に鎌倉が気に入って越してきたのだという。林家は六人家族の大世帯で、深田家からほど近い宅間ヶ谷に住まいを定め、そこで西郷隆盛に関する作品その他を書いたと、八穂の「林房雄さん」（〈鎌倉文士交遊録〉）にある。林は政治的な心情で振幅の激しい作家だった。

林の誘いで昭和十年に川端康成も鎌倉に転居。八年には同人誌『文學界』が創刊され、広津和郎、川端康成、小林秀雄、深田久弥、武田麟太郎、林房雄など、当時鎌倉に住む多くの文士たちが加わり、深田はその年編集委員を務めている。文士たちは顔を合わせると碁将棋はもちろん、テニスや野球に興じることが多く、俳句やスキー、山登りは深田が率先し彼らに慫慂《しょうよう》した。書斎派で不健康な暮らしぶりの文士たちに、大自然の中で浩然の気を養なうことを深田は強要した。文士たちから嘲笑されてもへこたれず、ついに昭和十年には文藝春秋主催で、菅平での文壇スキー競技大会が開催されるまでになった。しかし遊んでばかりいたわけではない。

感心するくらいみんなよく勉強もする。しばしば誰かの家へ落ち合って互いに意見を交換するが、意見が昂じて喧嘩腰になる事さえあるが、そのために刺激され、教えられ、得るところ大なるものがある。（略）大勢になればなるほど賑やかになり勉強になっていい。（「鎌倉仲間」）

この言葉が実感できるほどの距離に幾人もの文士たちが住んで、互いに刺激し合い切磋琢磨していたことが、鎌倉へ来てみてよくわかった。

その後待ち合わせていた観光タクシーに乗り込んで、鎌倉山の北畠八穂の旧居跡に向かった。道すがら話を聞くと、ドライバーさんは高校時代に郵便配達のアルバイトをしていて北畠家へも配達していたのだという。

「あの家にはたくさん郵便物がありましたからね」

という。まだ宅配便やメールのないころには、郵便が唯一の通信手段だった。

「どんな人でした？　北畠さん」

私は意気込んで聞く。

「小柄で地味なおばあさんでした」

それ以上のことは、昔の高校の男の子には期待する方が無理というものだった。

鎌倉山は今では高級住宅地であるが、当時はどうだったのだろうか。


鎌倉山のトバクチの、若松のバス停で降り、少し戻ると小鳥の巣箱のような郵便受けがあって、白ペンキで「北畠」と記されていた。（略）夏ならヤブ蚊に、冬なら雪に足をとられそうな細い上り坂の路地の奥に、ひなびた格子のはまった玄関があった。（小島千加子『作家の風景』）

今はそんなかそけき面影はなく、大きな洋風の門に広い駐車場を備えた豪邸になっていた。横浜から来たという文学散歩の一団と一緒になって、八穂が愛した《真西に富士、その右に丹沢、左に箱根、伊豆の山なみ、近く江の島、遠く大島》（「新しく思うこと」）という豪奢な眺めの海側の景色にしばらくは見入っていた。

八穂は深田と別れた翌昭和二十三年に二階堂の家を去って鎌倉山に転居し、さらに四十九年には家を新築した。筆一本の力で、生涯をここで過ごしたのだ。昭和二十七年春には自宅近くで日曜学校を開いている。当時は東京の空襲で焼け出されて越してきた人々の子供たちが多くいた。彼らは遊び場に困って畑の作物を荒らしたり、洗濯ものを狙ったりして近所の人々を困らせていた。八穂はその子たちを集めて飴を与えたり、聖書の話や自作の童話を話して聞かせたりしている。日曜学校はかなり長く続けられたようだ。

この家へ晩年の小林秀雄が訪ねて来たことが伝えられている（田澤拓也『百名山の人』）。昭和五十五年頃から二年ほど、家事見習いとして北畠の家に住み込んでいた女性が、ある午後来客があり玄関へ出てみると、少し酒気を帯びた老人が「近くまできたから立ちよった」と言った。そして八穂と二人で日が暮れかかるまで親しく話し込んでいったという。それが小林であった。振り返れば小林と八穂もずいぶん長いつき合いである。昭和五年に深田と本所小梅町に住んでいた時、堀辰雄が奈良から帰ったばかりの小林を深田の家へ連れてきて以来、鎌倉二階堂の家でも、度々の避暑地でも、濃密な交流が続いた。八穂が深田と別れてからも、鎌倉で小林は会えば親切に労わってくれたことを八穂が書いている（「小林英雄《ママ》さん」）。

小林が親切で思いやり深いことは深田も書くところであるが、深田と小林との友情は何に依るものであろうか。東京府立一中、第一高等学校、東京帝大というエリート同士で、著作の上でも切磋琢磨しあった河上徹太郎との友情とは違う。小林の「故郷を失った文学」（昭和八年）というエッセイを読んでいた時、何かわかったような気がした。

ある時小林は滝井孝作と汽車に乗っていて、滝井が車窓から山際の小径を見ると子供の頃の思い出が油然《ゆうぜん》と湧いて、胸一杯になると語るのを聞いて《自分には田舎がわからぬと強く感じた。自分には田舎がわからぬと感じたのではない、自分には（略）そもそも故郷といふ意味がわからぬと深く感じたのだ》。東京生まれで、のち鎌倉に長く暮らしたものの、旅以外ではほぼ首都圏を離れずに生涯を過ごした自分には、《故郷といふ言葉の孕《はら》む健康な感動はわかないのであらう》という。

後に「栗の樹」（昭和二十九年）というエッセイの中でも同じことを繰り返している。それは歎きのように感じられる。小林の妻は信州生まれで子供の頃《毎日、人通りまれな一里余りの道を歩いて、小学校に通つてゐた。その中途に、栗の大木があつて、そこまで来ると、あと半分といつも思つた》。それがやたらに見たくなったが言い出せずためらっていた。我慢ができずに話すと夫は即座に帰省するよう勧めたので《親類への手土産などしこたま買い込み大喜びで出掛けた。数日後還つて来て「やつぱり、ちやんと生えてゐた」と上機嫌であつた。さて、私の栗の樹は何処にあるのか》。

確固とした環境がもたらす強い思い出がなければ故郷ではない、と小林は思っている。《さういふものも私の何処を捜しても見つからない》という、根っからの都会人である小林にとって、北陸の片田舎大聖寺から笈《きゆう》を負うて出てきて、生涯大聖寺弁の訛りの抜けなかった深田は、確固とした栗の樹を持った存在と見えただろう。あるいは栗の樹そのものに見えたかもしれぬ。しかもその人物は、これも純粋に都会人である河上徹太郎によれば《意志と知性の点で人に引目を感ぜぬ素朴傲岸の青年なのだ》（『贋修道院』新潮文庫解説、昭和十四年）。その青年深田がわざわざ津軽まで会いに行って連れ出してきた女性が、津軽という土地の精霊を一身に背負ったような北畠八穂だった。小林秀雄は深田と八穂から目が離せなかったのではないかと思われた。

私たちの鎌倉二日目は、長谷にある鎌倉文学館訪問から始まった。私は以前二度鎌倉を訪ねたことがある。最初は家族旅行、次は小さなグループで江戸女流漢詩人についての講演をするよう頼まれたためで、文学館へ来るのは初めてであった。この建物は、戦前は前田侯爵の別邸であった洋館だ。昔の日本の洋館は当時の日本人の体格に合わせたものか、本式の西洋の建物よりも小さくて、どこかミニチュアのような可憐さが漂う。周りには存分に広い庭園があり、丁度バラ園の薔薇が盛りを迎える頃でかなりの女性客で賑わっていた。

鎌倉では八穂に遠慮してか、戦後、深田の名前は殆ど消されていると聞いていたので少し恐れていたが、それは杞憂に過ぎなかった。鎌倉文士の一人として深田久弥の写真も業績もきちんと紹介されていた。次の展示室では深田の姉への手紙を見ることが出来た。休憩室には多くの観光客が休んでおしゃべりを楽しんでいるが展示室にはまばらである。壁に貼られた地図に記されている文士たちの住居跡を前日のことを思い出しながら、誰にも妨げられず心ゆくまで辿ってみた。かなり多くの来館者で混んでいたのに、学芸員は親切で、丁寧な説明をしてコピーを幾枚も撮ってくれた。

休憩室のテラスからはバラ園がよく見えて、乾いたさわやかな風がこころよい。一番いい時期に鎌倉へ来られたことを実感する。
次いでタクシーを使って虚子邸を訪ねた。江ノ電の線路沿いにある高浜虚子の家は、今はゆかりの方がお住まいのようだがひっそりと静まっている。線路のすぐ脇に自然石で出来た虚子の小さな句碑が建っている。鎌倉文学館が立てた文学案内板には、〈高浜虚子庵・句碑〉とある。邸ではなく庵である。生垣に囲まれ、簡素な門を持つさりげない庵である。

波音の由井ヶ濱より初電車　虚子

と句碑にある。友人の一人がぴったり閉まった門扉の隙間から覗いていたが、振り返って何も様子がわからないという手振りをした。そこへ来るまでに見た吉屋信子記念館の豪壮な門構えに比し、ささやかな庵にほっとする。深田が高浜虚子の「家」という文章に感動した、と書いていたのを思い出した。虚子は八十六歳まで借家や古家を転々とし、《今度初めて書斎と玄関だけを新築した》という、その精神に深田は感動したのだ。

虚子ほどの大家になれば、家の一つくらい新築することは何でもないだろう。（略）虚子は八十六歳まで根太の腐った家に住んでいて、「今度初めて書斎と玄関だけを新築した」そして「どんなものが出来てもいい。出来たものに満足しようと考えた。鋸の音や鉄鎚の音を聞きながら、奥の間の机の前に坐って俳句の選をしていた」

彼にとって一番大事なもの、生き甲斐のあるものは、俳句であって、すまいなんぞどうでもよかったのだ。（「家」）


と、深田はごく自然に先生と呼べるのは虚子先生だけと尊敬する《老俳人の気魄にうたれた》。深田も「暮らしは低く志は高く」を常にモットーとし、戦後間もない頃とはいえ、辺幅を飾らない粗末な家に住んでいた。おそらく上京後の住まいもそのようであったろう。

虚子庵を訪ねた後、由比ヶ浜から江ノ電に乗って鎌倉駅へ戻った。車中、友人の一人が、鎌倉の魅力に惹かれて他所から移住してきた人と隣り合わせになり、いろいろ鎌倉の魅力を話してもらえたと喜んでいた。気がつくと、出発時の私の体調不安は、たった一泊二日の鎌倉滞在ですっかり回復しているのだった。鎌倉への旅は、私のひそかな心配をよそに、在りし日の快活な深田に出会えた、豊かなものとなった。

2

深田一家が金沢から上京して以後、私は金沢で二度先生に会っている。一度はヒマラヤ踏査隊の隊長として遠征から帰った後、北國新聞社ホールでヒマラヤ踏査報告の講演会があった時だ。昭和三十四年の初夏だったように覚えている。その日の夕方、急いで講演会場に向かうと、金沢市南町にあった北國新聞社ビルの入口付近に先生と奥様が立っていた。誰かを待っている様子だった。私は駆け寄ってご挨拶した。しかし会場でいい席を取りたいので時間がない。ゆっくり話す暇もなく会場に入った。すでにかなりの人で混み合っていて間もなく一杯になった。その夜の先生は実に楽しく寛いだ話ぶりで、たくさんのスライドを使って話された。山のことに詳しくない私にも、その夜見た沢山のしゃくなげの花の映像が強く印象に残っている。

「これはしゃくなげ、あ、これもしゃくなげ、あ、これも……」

その度に会場から小波のように暖かい笑いがおこった。

次に会ったのは『日本百名山』が出版された昭和三十九年の秋だった。歌人で同人誌『朱鷺』の仲間だった森美禰さんが訪ねてきた。

「深田さん、大聖寺へ帰っておいでるようやけど、金沢へ出てきて下さらんかねえ」

私はすぐに隣家の電話を借りて、大聖寺の御実家に連絡してみた。幸い家におられて、今夜なら空いているとのこと、金沢の柿の木畠にある行きつけの喫茶店「芝生」で落ち合う約束ができた。

先生は空いた時間を持て余していたのか、早々と大聖寺から出てきてくれたようだ。私が夕方「芝生」に着くと、「もうさっき顔を出されて、今またどこかを歩いておいでる」とのこと。森美禰さん、太田順子さん他、「朱鷺」の仲間と男性も二人参加して待つ間もなく先生が現れた。「芝生」の奥座敷でつい昨日まで金沢に住んでおられたような、何の隔てもないおしゃべりがすぐに始まった。森さんが新刊『日本百名山』を二冊持参して署名してもらっている。どなたかに差し上げるのだと言う。先生は相手の名前も聞いて、きちんとその宛て名を書かれた。本に署名を貰うということで、そんな贈り物が出来るのだと、初めて知った。

その夜は山の話は殆ど出なくて、金沢から上京した小松伸六、西義之、沢木欣一、細見綾子諸氏の消息や文壇の噂話など楽しく聞いた。

「小松君は愛郷心に燃えているからね」

小松先生のこまめなお世話で、東京でも金沢時代の絆はかなり強く続いているようだった。また文学関係のつきあいもそれなりに復活している様子だ。いつか室生犀星を訪ねた時のことや、文学者たちの会で佐多稲子に会ったときの様子を楽しく話してくれた。

「僕が窪川さあん、窪川さんってからかって呼ぶもんだから、佐多稲子がいやがってね。するとそこへ中野重治が来てね、おい深田、お前は年がら年中山の上に居て下界のことは何も知らんのだろうが、この人はもう窪川さんではないのだよって……」

そこでみんな一時に大笑いする。中野重治は第四高等学校の出身で金沢と縁が深く、出席の者はみなそれぞれに中野と面識がある。いつでも自分にも他人にも厳しく、強烈な印象を与える中野と、いつでも春風が吹いている感じの深田先生という旧友同士のとり合わせだけでも楽しいのに、佐多稲子まで絡んだ情景が思いやられて、しばらく笑いやまなかった。佐多稲子が窪川鶴次郎と離婚したのは戦後すぐのことだ。何年たっても変わらず、人をからかうことを止めない、性懲りもない先生だった。ついその二年前に北畠八穂の「右足のスキー」が発表されて、小説の形ではあるが自身の離婚に至る事情がかなり広く読まれていたのに、自分のことは棚に上げて、何があってもへこたれない先生だったなあと、今にして思う。

林房雄が朝日新聞の文芸時評で『日本百名山』をトップに大きく取り上げて紹介したのは、そのすぐ後の十一月二十五日夕刊だった。「無償の歓喜にみちた文章」という見出しで、時評欄の三分の一のスペースを割いている。《私が頂上に立った日は玉の如き秋晴れであった》という『百名山』中の「鳥海山」の一節を引用して、《同じく健康な喜びにあふれた文章は、この本のほとんどすべてのページに発見できる》と、深田の文学の本質である健康な喜びをまず指摘している。そして深田が自分の足と目と筆で百の名山を選び出したことを述べ、

　この仕事の裏には五十年近い登山歴があると深田氏は書いている。百の山を選ぶためにはその数倍の山に登ってみなければならない。（略）いったい深田久弥氏は小説家なのか登山家なのか――そんな質問は下の下である。この一巻は不朽の文学だ。私はこの貴重な本を一気に読むことはひかえた。著者を案内者として、一日に三つ以上の山には登らないことにして大切に読んだ。読み終って、また何度も読みかえせる本である。

さらに林は深田の名山選定の三つの基準と、自分の文芸時評の作品選定のやり方と《何と似ていることか！》と讃嘆し、『日本百名山』がただの山の案内書ではない、優れた文学であることを称揚した。

北畠八穂は「林房雄さん」〈鎌倉文士交遊録〉の中で、深田と別れたあと、

林さんは親切でした。私が自分の名でかきはじめると、「奥さん、僕が力をかす金があったら」とつくして下さろうとしました。

と書いている。それは八穂が言う通り、林の親切であったろう。そして林は深田が渾身の力を注いだ著作を読むと、惜しみない賛辞を呈した。

翌昭和四十年の二月二日の読売新聞に、第十六回読売文学賞（評論・伝記部門）が、『日本百名山』に贈られることが発表された。私はそのことを金沢の新聞で知った。かなり後に読売新聞を図書館で見て、その紙面の豪華さに目を見張った思い出がある。今、そのコピーを見ても当時の新鮮な驚きと嬉しさは変わらない。最終選考委員会の出席者は岩田豊雄、大佛次郎、河盛好蔵、草野心平、小林秀雄、永井龍男、林房雄、堀口大學、山本健吉他の十四名で、欠席の井伏鱒二、亀井勝一郎、里見弴、丹羽文雄、福原麟太郎からは書面による推薦があったことが記されている。この顔ぶれを見ただけで、当時の読売文学賞の存在がどんなに大きく重いものであったかがわかり、厳粛な気持

ちさえする。
小説賞では上林暁「白い屋形船」、戯曲賞は中村光夫「汽笛一聲」、評論・伝記賞は深田久弥「日本百名山」、詩歌・俳句賞は蔵原伸二郎「岩魚」、研究・翻訳賞は渡辺一夫「ガルガンチュワとパンタグリュエル物語」、これらがその年の各受賞作であった。
『日本百名山』の推薦の辞は小林秀雄が書いた。

評論の部では、私は、深田久弥氏の「日本百名山」を推した(略)。著者は、人に人格があるように、山には山格があると言っている。山格について一応自信ある批評的言辞を得るのに、著者は五十年の経験を要した。文章の秀逸は、そこからきている。

そしてさらに、

自分の推薦に対しほとんど全委員の賛同を得て、わが事のように嬉しかった事を憚りながら付記して置きたい。

と最後に加えた。林房雄は『百名山』を《不朽の文学だ》と明言し、小林秀雄は《文章の秀逸》を讃えている。

雑誌『山と高原』に昭和三十四年三月号から毎月二山ずつ四年二か月にわたって連載された「日本百名山」は、一山につき原稿用紙五枚の分量だった。編集者の大森久雄は、内容が充実していて評判がよいので、もう少し長く書いてほしいと深田に頼むと「これ以上長いと文章がだれる」と即座に断られたと書いている（「朝日新聞」二〇一四年七月二十八日）。

深田は『百名山』の後記の中で百の名山を選んだ三つの基準を挙げた。

その第一は山の品格である。（略）高さでは合格しても凡常な山は採らない。厳しさか強さや美しさか、何か人をうってくるもののない山は採らない。（略）第二に私は山の歴史を尊重する。昔から人間と深いかかわりを持った山を除外するわけにはいかない。人々が朝夕仰いで敬い、その頂に祠をまつるような山は、おのずから名山の資格を持っている。山霊がこもっている。（略）第三は個性のある山である。個性の顕著なものが注目されるのは芸術作品と同様である。（略）その山だけが具えている独自のもの、それを私は尊重する。

こう書き写しているだけで、何も知らずに先生の散歩に従って、とりとめない話を聞かされながら歩いていた昔が思い出されてくる。それとは知らずに贅沢な個人授業を受けていた、七十年前の気持ちが甦る。深田はこの三つの基準に沿って、原稿用紙五枚という制約を自らに課し、緊密な格調ある文章で『日本百名山』を書き継いでいった。

たとえば「阿寒岳」の章。阿寒岳には雌雄二つの山がある。そのうち深田が高さに劣る雄阿寒岳を選んだのは、力強い、端正な円錐形の姿が直ちに阿寒湖の湖面に映る美しさを、古来土地の人たちが優位としたからである。そして湖畔に立つ啄木の歌碑とその手前にある松浦竹(武)四郎の詩碑の内、啄木が実際に阿寒には来ていないという理由で観光客に人気の啄木の歌碑を退け、幕末の蝦夷探検家松浦武四郎の七言絶句を記した詩碑を推しているところに、深田の志が見られる。

武四郎は、今は北海道の命名者としてのみ知られるが、幕末に六回蝦夷地に探険にわたると、何の偏見も持たずアイヌの人々と深く交流し、文字を持たぬ彼らに代わってアイヌの地名や人名、風習などアイヌ文化を書き残した。維新後は明治政府の開拓判官に任ぜられ、蝦夷地を北海道と命名し、従五位に叙せられた。しかし翌年明治政府に失望すると、開拓使を辞し、従五位を返上して以後は各地を歩き回り、富士山や大台ヶ原に登り、自由に生きた人だ。三重県松阪市にある松浦武四郎記念館には、彼が各地の旅中に描いた、スケッチ入りの細字の夥しいメモ帳が残されている。アイヌに関わる調査記録だけでも一五〇冊を超えるという。

水面風収夕照間　小舟撑棹沿崖還
忽落銀峯千仞影　是吾昨日所攀山
安政戊午年三月廿八日
松浦竹四郎　源弘記

深田は武四郎が安政五年（一八五八）三月二十七日に実際に雄阿寒岳に登り、阿寒湖に映る夕陽を浴びた山の姿を見つつ、小舟を棹さして還ったことをこの詩碑から読み取った。自身も急峻な道を辿って頂上を極め、エゾシロツツジが咲き、頂上の岩の間に可憐な千島ギキョウが咲くのを眺めた。霧のため眺望は得られなかったが、誰もいない静かな頂上に一人在ることに満足した。時折フーッという息遣いが聞こえたようで、熊ではないかとヒヤッとしたことも書き加えている。そして帰路は雨の後のぬかるみのため泥んこになって、着飾った観光客の群れの中へ戻ったのだ。書き足りなかったのか、松浦武四郎の蝦夷紀行の主要な十巻の書名を注記の形で加えている。このようにどの章も、その山の独特の美しさ、個性、歴史、人とのかかわりが簡潔で正確な文章で描かれ、喚起力に富んでいる。

『日本百名山』が読売文学賞に選ばれたとき、深田は長年の友小林秀雄に対し、

終戦後私は十年も田舎に引き籠もり、その後東京へ出てからも、二、三度出会ったに過ぎない。手紙を交わしたおぼえもない。にもかかわらず彼は本が出ると送ってくれた。今年〔一九六五年〕思いもかけず私は読売文学賞を貰ったが、それは選考委員の一人の小林君の推薦で、それに対しほとんど全委員の賛同を得て「わが事のやうに嬉しかった」と彼が書いているのを

読んで、私は心の涙を流した。

（「小林秀雄君のこと」）

また林房雄が朝日新聞の時評に取り上げたことに対しても、「ペンよりも足の功」と題した読売文学賞受賞者の言葉の中で、「日本百名山」は私の山に対するオマージュだとした上で、

と万感の思いを籠めて書いた。

そのオマージュに文学的価値をつけてくれたのは、林房雄君である。彼が文芸時評で過分にほめたので、私の本が評判になってきた。事実である。彼の発言力の影響の大きさをあらためて知った。このなつかしい旧友とは終戦後一度も会っていない。呼びかけるのもこれが最初である。林君、ありがとう。

と明るく大らかに感謝した。

受賞後、深田夫妻が小林秀雄を訪ねた際、小林は「お前さんには山があってよかった」と深田に直接言ったそうだ（近藤信行『深田久彌　その山と文学』）。その言葉を周囲の複数の人にも小林は語っている。深田の葬儀の際に、

「小林秀雄が一番前列に居て、じっと深田さんの遺影を見つめていたよ」

と、翌日に電話で伝えて下さったのは、西義之先生だった。二人の長い深い友情が偲ばれた。

井上靖は、読売文学賞の祝賀会に出席したときのことを書いている。

親しい人たちだけの少人数の集まりであったが私もその中に入れて頂いた。小林秀雄氏の姿も見られ、小林氏と深田さんとの関係がなみひと通りのものでないということがお二人が交している言葉のはしばしに感じられた。私はお二人の友情を羨しいものに思った。その夜の深田さんは心から楽しそうであった。一つの卓から他の卓へ渡り歩いている感じで、みごとと言うほかない素朴な祝福の受け方であった。

（「深田久弥氏と私」）

その日井上が見た《みごとと言うほかない素朴な祝福の受け方》をする深田こそ、彼の飾らぬ素のままの姿と思う。井上は『猟銃』で作家として出発した頃、まだ金沢に居た深田に会っている。第四高等学校の出身者なので金沢には縁があっただろう。『闘牛』で芥川賞を受けたのち、『氷壁』を書くに当たって《山を讃えた詩を使いたくて》深田に教えて貰うために九山山房を訪れたという。その時の印象を《なんの見せ掛けもない、生地そのままでつき合って下さる稀有な人柄》と書いている。これは『日本百名山』受賞以前のことだ。それ以来交流は終生続けられていたようだ。

深田が小説を書くことを止めて山の作家となったことに対して、彼は八穂と離婚したために、これまでの作品が八穂の代作であると思われて、小説が書けなくなり生活の不安があったからだ、という見方がある。それはあまりにも深田を矮小化している。深田は中学入学の頃から福井周辺の山々を登り、三年生の時白山登山をすると一戸直蔵・長谷川如是閑・河東碧梧桐共著の『日本アルプス縦断記』を買い込み、耽読するほどに山好きになっていた。山に登るとその記録を文章に残す習慣も身につけている。その頃から山に登ることと文章を書くことは、深田に於いては一つのものになっている。鎌倉でもしばしば、書斎にこもりがちな文士たちに登山やスキーを奨め、昭和十五年には「日本百名山」のタイトルで雑誌『山小屋』に十回、昭和十八年には「日本の名山」というタイトルで『文學界』に三回連載している。他にも山に関する著述は戦前から数多い。深田にとって小説を書くことと、山について書くこととの間に径庭《けいてい》はなかった。

3

私の手元に志げ子夫人から頂いたお便りがある。葉書七通、封書四通。いずれも文学碑除幕式で再会して以後のものである。先生が茅ヶ岳で亡くなられた直後に差し上げた手紙のお返事は、どこへ紛れたかいまだに出てこない。十一通のお便りの大半に、「細香」のことが書かれている。当時私が同人誌『朱鷺』に書いていた女流漢詩人江馬細香《えまさいこう》についての作品をとても気に入って、編集者に推薦してくれたことがあった。その頃、出版に力を貸そうとまで言われるお気持ちが何故なのかあまり理解できなかった。それが何となくわかったのは、志げ子夫人の『私の小谷温泉』を読んだ時以後であった。

主人と私とは「では、皆さま、新郎新婦の為に御乾杯を…」と大勢の知人に祝福されて出発した結婚ではありませんでした。非合法な結合――私は大泥棒をしたのです。太平洋戦争が無かったら私達はきっと今でも鎌倉と東京に別れて暮していたろうと思います。古い秩序が厳として御互いの周囲にありました。また強いてそれを破壊しようとも思いませんでした。（略）出征まで、鎌倉文士の仲間だった主人が島流しの様な生活をしている理由の幾割かは私のせいと思うと気の毒になります。

「お前のせいではない、この暮しの方がずっと勉強が出来ていい」と言って呉れますけどそれがやせ我慢でなければいいがと、いつも思います。

（「良人　久弥のこと」）

この文章が昭和二十七年の保守的な金沢で、『北国文化』（五・六月号）に書かれたものだと考えると、その率直さ、飾り気のなさに驚く。いつも胸が痛くなるほど率直で執着心のない、さわやかなお人柄だった。上京後、金沢の俳誌『あらうみ』に書かれた「遠い元日の想出」の中でも、深田と思いがけず再会したことを述べて

その頃の私には鎌倉と東京に離れ住むことが寧ろ仕合せに思われた。開けても暮れても傍に居るのでは、息がつまりそうな気がした。

と書いている。

私は「江馬細香」の出版を夢みて、東京に志げ子夫人を訪ねた日を思い出す。その夜、二人で食事しながら「私はねえ、調べてみたい女の人が二人あるのよ」と言って芭蕉の恋人寿貞尼と、池大雅夫人玉蘭の名を出されたことは一章にも書いた。二人とも江戸時代の女性として名高い人だった。寿貞尼の詳細は殆どわからないが、玉蘭は『近世畸人伝』や『平安人物志』など同時代の書物に、夫の池大雅と共に記されている歌人、画家である。貧しくとも風雅であった大雅と玉蘭の暮らしぶりは、当時から文人夫妻の鑑として広く知られていた。その時、互いに相手の世界を犯しあわず、それでいて夫が笛を吹けば妻が琴を弾ずるような、古い言葉にいう琴瑟《きんしつ》相和する風雅を地で行った大雅玉蘭夫妻が、志げ子夫人の理想の夫婦像なのだと私は理解した。深田とはほぼそれに近い暮らしであったろう。

後になって、江馬細香の生き方にも心惹かれておられたこともわかった。細香は師・頼山陽を心の中で慕い続けながら、生涯、山陽の弟子として過ごし、山陽の歿後はその妻梨影と親しくつきあい、遺児又二郎、三樹三郎からは叔母のように慕われていた。安政の大獄直前、三樹三郎が幕吏から狙われていた時に、大垣で彼をしばらく匿ってもいるのだ。山陽と細香とのあり方は当時から文壇の美談とされた、と石川淳がエッセイ「細香女史」の中で述べている。志げ子夫人には深田の鎌倉の家庭を壊すつもりなど全くなかったことが私には実感できた。

頂いたお手紙には「漢詩というものは　どうして　あんな四角な字ばかり並べて　纏綿たる情緒が出せるのか　昔から不審でなりませんでしたが　御作を拝読して　またその思いをあらたにしました」と書かれたのがあり、お便りの度に励ましの言葉があった。東京のお宅を訪ねた帰りには「あなたの「江馬細香」は本になるようきっと私が請合いますからね」とまで言って下さったことが思い出される。なによりその前夜の食事の折りに

——鎌倉の人も大変だったと思うわ——

と言われたのに、そのお話を聞く心の準備が全くなくてそのままになったことが心残りだ。きっと話したいことがいろいろおありだったろうに……と私自身の未熟さが悔やまれる。大人の女同士、ゆっくりと話し合う時間が持てていたらと、今更のよう思う。

深田と八穂が共に暮らし始めた我孫子という土地を、一度訪ねてみたいと思う気持ちがいつごろからか湧いてきた。我孫子という地名には不思議な響きがある。先ごろ、幕末の女医松岡小鶴の漢詩文集を現代語訳していた時、孫の松岡鼎《かなえ》が明治二十八年（一八九五）に我孫子町布佐で凌雲堂医院を開いたことを知った。その跡地も残っている。鼎の弟柳田國男は旧制一高時代に春休みなどをここで過ごし、友人の田山花袋や島崎藤村らも来訪している。國男の兄・鼎は医療その他で地域に貢献して人望が厚く、のち布佐町長を務めた。さらに医師会を設立し、次いで千葉県医師会の会長になった。我孫子という土地柄は他所者を受け入れる開放的な、懐の深い気風があるのかもしれない。

二人の友人と我孫子へ出かけたのは平成三十年(二〇一八)四月のことだ。日差しは強くないが、少し風のある日だった。東京駅で常磐線に乗り換える。成田空港へ行くための利用者が多いようだ。一時間ほどで我孫子に着く。名古屋からは四時間余り、丁度昼時なので、手賀沼の近くでこの地の食文化の象徴といわれている「白樺派のカレー」とコーヒーで昼食をとる。大正年間にここで創作活動をした柳宗悦の妻兼子が伝えたものを再現したという。戦前の母の味のカレーライスよりやや濃厚な味だった。

一休みして、すぐ天神山の方へ向かった。明治末に柔道の嘉納治五郎が手賀沼のすぐれた自然環境に注目して、手賀沼を見下ろす場所に別荘を構えたという天神山だ。彼はそこに別荘を建てると、近くに広大な土地を購入して嘉納後楽農園を開いた。そして甥の柳宗悦夫妻を呼び寄せ、柳に誘われて武者小路実篤や志賀直哉も我孫子に住んだ。志賀はこの地で『和解』を執筆し、『城之崎にて』や『小僧の神様』『暗夜行路』など重要作を発表するなど、充実した作家生活を送っている。志賀の縁でしばらくこの地に仮住まいした瀧井孝作は、大正十一年(一九二二)にこの地で代表作『無限抱擁』を書き上げている。また中勘助も二年ほどこの地に仮寓し、志賀や瀧井と交流していたという。当時の志賀直哉の書斎が復元されて残っている。

狭い道をしばらく進むともう天神坂が現れた。坂は、小石と大きめの栗石と平石を組み合わせた堅牢な、実に美しい石段になっている。嘉納が別荘を構えた頃に作られたものか。見上げると左手の高みに鬱蒼とした椎の古木が覆いかぶさっている。これが三樹荘の名の由来の椎の樹か、石段の栗石の間に去年の椎の実がこぼれていた。石段を登りきると右手にあった嘉納の別荘は取り払われて、天神山緑地となっている。その端から展望すると、ずっと手賀沼を越えて遠くまで見渡せる。その向こうに富士山が見えると案内板にあるが、あいにくその日はもやっていて見渡せなかった。

道を挟んで西側が三樹荘である。柳の住まいは戦後建て替えられて、閉ざされた門扉には「M」と表札が掛かっていた。〈三樹荘（柳 宗悦居宅跡）〉と記した案内板には、〈書斎にくつろぐ柳（1918年）〉と題したリーチのスケッチが入っていた。椎の木の他にも欅や楠が繁っていて、私たちが門扉の上から広い邸内をのぞき込んでいると、自転車で通りかかった土地の男性が「子供の頃はまだ出入りが自由で、あの椎の樹に登ったりして遊びまわっていたよ」など話してくれた。敷地はバーナード・リーチが窯を築いた頃はもっと広かったという。天神坂にはしっかりした手すりが付けられ照明も充分あったが、深田たちが住んだ昭和四年頃は、ずい分淋しかったのではなかろうか。だが昭和の初期といえば繁華な都市を離れれば、どこでもこの程度の淋しさだったかと思いやった。それにしても案内板を見てもどこにも深田の名前を見つけることが出来ない。風がかなり強くなってきたので惜しみながら坂を下りる。石段の外側に落ちていた椎の実を三つほど拾った。

白樺文学館を目指してほそい道を行く。両側に住宅と畑が混じった道である。左手にまるで戦前からあったようなガタガタのガラス戸のせんべい屋があった。見れば大正煎餅と看板にある。私たち三人は誰からともなくせんべい屋に駆け込んでしまった。こんがりと醬油のしみた丸い煎餅や豆餅や海苔、ザラメのついたのや大小さまざまな煎餅が古風なガラスの瓶に入って並んでいる。あれこれ幾枚か買いこんだ。聞けば家の奥で餅をついて焼いているという。もしや深田たちが住んだ頃にも……と考えたが、戦前は農家で、戦後にせんべい屋を始めたということだった。おかみさんは「行かなくちゃと思いながら、天神山へも白樺文学館へも行ってないの」と話してくれた。私たちは名古屋から来ました、とは言い出しかねた。

少し広い通りに出ると、目指す文学館はすぐ近くにあった。こじんまりした二階建ての白いビルがそれだ。目立たないので友人に言われるまで気づかなかった。入館してすぐ左手の部屋で一休みする。強い風の中を歩いてきたので、ほっとして持参のお茶を飲み、つい先刻買ったばかりのせんべいを取りだす。よく浸みた醬油の味が疲れを癒してくれる。気がつくとその部屋にある黒いグランドピアノは、柳宗悦の妻兼子が晩年まで使っていたピアノである。ここで定期的に音楽会が開かれていたことを後に知った。白樺文学館というが、主として柳宗悦を中心として活動した民藝運動の人たち、そして柳に誘われてこの地に来た白樺派の文学者たち両方を記念する文学館であった。私たちが訪ねたのは民藝運動についての企画展が開かれていた日で、充実した展示であった。ここでバーナード・リーチの作品が見られたことは思いがけない収穫だった。丁度その前年はリーチが窯を開いて百年という記念の年だった。リーチは大正五年（一九一六）に柳の家に来て窯を築き、八年に工房を失火で焼失するまでこの地で作陶した。この短い期間に多くの優れた作品を作り、濱田庄司や河井寛次郎と知り合うきっかけとなったのだ。初めてみるリーチの暢びやかな蕨や兎、燕、草木を描いた大皿や壺、湯呑に見入ってしまう。リーチは日本の田舎に残る民窯の素直な美しさに惹かれて、それに工夫を加え、自分の芸術を創り上げたのだ。大正十年に柳宗悦がこの地を去るにあたって我孫子への想いを述べた文章が階段の壁面に展示されていて、感慨深く読んだ。
一階の図書室に置いてあった雑誌『民藝』（七七八号）の中にリーチの我孫子窯についてのレポートがあり、椅子に腰かけてゆっくり目を通した。そのレポートには「三樹荘に集う人々の出会いと絆」という副題がある。読んでいくと最後の部分に

三樹荘に住んだ人々として他に『日本百名山』で有名な深田久弥や、『白樺』同人児島喜久雄の甥、木下検二、最高裁判所長官を務めた田中耕太郎など（後略）

とあり、ようやくここで深田の名が出てきた。『新思潮』（昭和五年新年号）の同人住所録に「千葉県我孫子町天神山　深田久彌」とあるのと一致する。『津軽の野づら』の〈帰郷〉の章が、この地で着想されたことが実感でき、私はそれで満足だった。

文学館に居る間、ずっと地下の音楽室から穏やかなアルトの歌声が聞こえていたことが思い出される。歌詞は聞き取れなかったが、兼子が歌うドイツリードであったと思う。
二、三か月後の女性史の勉強会のテキストで、偶然柳兼子の名前に出会い、明治以後に西洋音楽家として活躍した女性たちの苦闘を知った。音楽は、日本では雅楽や神楽は別として、それまで歌

舞音曲として遊芸の世界のものであったために、芸術として世に認知されるまで、長い時間がかかった。そのためヴァイオリン・ピアノの幸田延、同じくヴァイオリンの幸田幸（いずれも幸田露伴の妹）、声楽の原信子、関谷敏子その他多くの音楽家が、人前で音楽を演奏すると芸人同様に見られることに抵抗を感じて葛藤したという。そのためか明治四年（一八七一）に日本で最初の女子留学生として津田梅子らとともに渡米した瓜生繁子はヴァッサーカレッジで音楽を学んだが、帰国後に音楽家として活躍するよりも、東京音楽学校や東京女子高等師範学校の教師として後進を指導する道を歩いている。そして幸田延、幸田幸その他を育てた。何の疑問も持たなかった女性音楽家たちの苦労を知って、粛然とした気持ちになった。

ちなみに瓜生繁子の夫である海軍大将瓜生外吉は、加賀大聖寺藩士瓜生吟弥の次男である。明治維新以後、東京の兵学校を卒業すると、さらにアナポリス兵学校で六年学び、その時期に、後に妻となる永井繁子と知り合った。日露戦争では第二艦隊第四戦隊司令官として仁川沖海戦で勝利したことが知られている。瓜生夫妻は津田梅子の親友として、後に津田塾大学となる女子英学塾を開くために多大な援助をしていたという。瓜生外吉の生家は、深田久弥の実家のある中町にほど近い、穴虫という土地にあった。

今度の我孫子への旅も、たった半日の滞在であったが、鎌倉への旅と同様に深田に導かれて実に多くの知見を得る稔り多いものとなった。

私の机の上にはあちこちで拾った木の実に混じって、天神坂の椎の実が今も転がっている。

あとがき

長い間の宿題であった深田先生についての原稿をようやく書き終えました。昭和二十三年から三十年までの七年余が、私にとってどんなに貴重な年月であったかを確認する作業でした。

本書は山の文学者としての先生ではなく、戦前の純文学作家としての姿と『津軽の野づら』や『知と愛』『親友』などの意欲作に焦点を当てました。ことに『津軽の野づら』はくりかえし読んだ著書ですが、今回も読み直し、多くの人に愛読された所以を納得しました。

私の手元の角川文庫『津軽の野づら』の目次には、「あすならう」の題の下に（昭和七、一一、改造）、「チャシヌマ」の下には「（津軽の野づら、文学クオタリイ二号）」、「エェデル・ワイス」には「（文藝春秋）」と、前の持ち主が万年筆で書き込みを残しています。私の旧友のHさんが持っている角川文庫の「あすならう」の章には、冒頭近くの《氷の中の処女性は自身の清浄な熱を知る》という一節の下方に、やはり前の持ち主が鉛筆で「わかるようでわからない、手が届きそうで届かない、でもなんとなくわかる感覚、八穂独特の詩心か？」と書き込みがあるそうです。書き込んだのはどんな方だろう。その人たちと語り合いたい気がしました。『津軽の野づら』は、このように名も知れぬ多くの読者に支えられ読まれ続けたことがわかります。

現在では殆ど忘れられているこの著書や『知と愛』『親友』『鎌倉夫人』などが再び読まれ、文章を読む純粋な喜びを味わってほしいと思いました。同様に北畠八穂という特異な感覚を持つ詩人・作家の諸作品もまた再読してほしいと願わずにはいられませんでした。


深田久弥についての本書なのに、山のことは全く出てきません。七年余もその近くで暮らしながら、一度も山に登りませんでした。先生からは「うちへ来る人の中で一緒に山へ行かないのは君だけだ。ずるいぞ」と言われました。その頃の私が病がちだったのと、亡父が結核で長く患ったことをご存知のためか、強く誘われませんでしたが、惜しいことだったと思います。

本書を書くにあたって、『山の文学全集Ⅻ』の後半に入っている、諏訪多栄蔵宛「書簡抄」を読みました。ヒマラヤに関する文献の研究家で正確な知識の持ち主である諏訪多氏に対し、先生は実に謙虚に熱心に質問をし、自分の発見や見解を伝え、さらに資料の調査や、書物の探索を依頼しています。一方の諏訪多氏はそれに勝る熱心さで答えている様子が窺えます。二人のヒマラヤ探求者の真剣な充実した知的交流の時間が、どんなに素晴らしいものであったかがわかり、感動を覚えずにはいられませんでした。深田先生はやはり心豊かで楽しい、そして生涯揺るがず学び続ける、真っ直ぐな人でした。

ご長男の深田森太郎氏には初めの拙稿を見て頂き、本書を刊行するお許しを頂きました。その際、昨年、ご次男澤二氏が急逝されたことを知り、驚きました。心からご冥福をお祈り申し上げます。

加賀市大聖寺の深田宣子さんは、先生がかつて戦場で部下たちと句会をした記録「龍頭」五冊の貴重なコピーを作って下さいました。群馬にお住まいの深田勝弥氏には、先生のご両親が鎌倉の深田家に滞在された頃のことを聞かせて頂きました。本当に親切なご協力を賜り厚くお礼申し上げます。「深田久弥山の文化館」の大幡裕氏、真栄隆昭氏は折りあるごとに不審な点をお調べ下さいました。大府市の「おおぶ文化交流の杜図書館」の職員の方々は多くの資料、参考図書を国会図書館ほか各地の図書館からとり寄せて下さり、大きなご協力を頂きました。以上、心から感謝申し上げます。以前、国会図書館まで史料を見に通ったことを思うと、インターネットの普及の恩恵を受けられて夢のようでした。また、執筆中に常に参考とした堀込静香編『人物書誌大系14　深田久弥』の「年譜」は大変充実した労作でした。地味な書誌学というものの重要さを教えられました。編者はすでに亡くなられたと聞き、深く哀悼の意を表します。

文芸評論家の尾形明子さんは、拙稿の前半を見て貴重な助言とともに、早く書くようにと呑気な私を励まして下さいました。有り難うございました。

幻戯書房の田尻勉氏は、拙稿の前半をお見せした時点で、刊行を引き受けて下さり、以後ずっと懇切な配慮をして下さいました。編集の佐藤英子さんは実に細かく拙稿を読み込んで、貴重な多くの助言をして下さいました。厚くお礼申し上げます。

私の気ままな調査旅行に快く付き合って、最後まで呆れずに伴走して下さった勉強会の友人たちに心から有り難うを申し上げます。その他助けて下さった多くの方にお礼申し上げます。

最後に、何も知らない田舎の女学生に、得難い薫陶を賜った深田久弥先生・志げ子夫人、いつも親切に迎えて下さった深田弥之介・民ご夫妻、本書を最も読んでほしかった金沢の同人誌『朱鷺』の友人たち、すべてが鬼籍に入られました。その方たちのご冥福を祈り、今日まで生かされてきたことに感謝してペンを置きます。

二〇二〇年三月

門　玲子

引用文中の漢字の旧字体は、固有名詞を除き新字体に改めた。

参考文献・初出一覧　索引

一覧の各項目は以下の通りである。

深田久弥　著書／短篇・随想／関連書等　五〇音順
北畠八穂　著書／短篇・随想／関連書等　年代順
その他　五〇音順

原則として初版／初出を記した。また引用に用いた原本は（　）内に記した。
下段は参照用の頁数である。連続するものは最初の頁のみ記し太字とした。
本文中で内容に言及のない作品は見出し語と参照頁のみとした場合がある。
『津軽の野づら』は各版を刊行年順に①〜⑨とし、改編の過程を併記した。

◆深田久弥　著書（五〇音順）

『青猪《あおじし》』　竹村書店　一九三五　（全十三作）
「乱暴者」「嶽へ吹雪く」「空へ行った女」「吹雪の夜の阿漕」（以上既収）
「淫婦マリア」「青猪」「甥に話した黙示録」「をさなき昔」

105
108
177
191

八〈幼な顔〉　95
九〈月の桂〉　95　139

④『津軽の野づら』改造社　一九三九　58　96　130
「津軽の野づら」（全九章）
一〈チャシヌマ〉と改題
二〈エェデル・ワイス〉から〈オロッコの娘〉が除外
三〜九　③と同

⑤『津軽の野づら』養徳社　一九四五　58　**96**
「津軽の野づら」（全十章）
一〈あすならう〉→①
二〜一〇　④の一〜九と同

⑥『津軽の野づら』新潮文庫　一九四八（解説　中島健蔵　→その他）⑤と同　58　97　113　**143**

⑦『津軽の野づら』角川文庫　一九五四（解説　山室静　→その他）⑤と同　58　97　144

⑧『あすならう・オロッコの娘』筑摩書房〈現代日本名作選〉一九五四　**57**　65　97　**144**
「チャシヌマ」〜「月の桂」（④の一〜九と同。但し「津軽の野づら」の表記なく各短篇扱い）
「あすならう」→①
「オロッコの娘」→①
「G・S・L倶楽部」→次項参照
（解説　上林暁）→その他

⑨『津軽の野づら』埼玉福祉会〈大活字本シリーズ〉一九九七（底本⑥）　97

◆深田久弥　短篇・随想（五〇音順）

河崎敏夫『―大聖寺今昔―聖城餘滴』大聖寺文化協会　二〇一〇
近藤信行『深田久彌　その山と文学』平凡社　二〇一一　12　181　211
田澤拓也『百名山の人　深田久弥伝』TBSブリタニカ　二〇〇二　99　126　157　198
ティルマン『ネパール・ヒマラヤ』（深田久弥訳）あかね書房〈ヒマラヤ名著全集　四〉一九七一　11
深田勝弥編『深田久弥の思い出』深田久弥山の文化館　二〇〇三
深田志げ子『私の小谷温泉』山と溪谷社　二〇一五　**144**　**213**
「良人　久弥のこと」『北国文化』一九五二・五-六月号　214
「遠い元日の想出」『あらうみ』一九七一・三　119　214
「山恋の碑」『アルプ』一九七五・四　14
「山に逝った夫　深田久弥のこころざし」『婦人公論』一九七一・六　10
「私の小谷温泉」『アルプ』一九七二・一〇　121
深田森太郎「母の思い出」深田志げ子『私の小谷温泉』「あとがきにかえて」　**144**
堀込静香編「深田久弥年譜」『人物書誌大系14　深田久弥』日外アソシエーツ　一九八六　16　104
真栄隆昭『深田久弥　その人と足跡』（私家版）二〇一二
山下久男編『深田久弥の追憶』深田久弥追悼委員会　一九七一
『加賀の文化』第五号〈特集「山の文学者　深田久弥」〉加賀市教育委員会　一九九七　78
『昭和小説集（一）』筑摩書房〈現代日本文学全集　第86巻〉一九五七　154
『新日本少年少女文庫　第13篇』（大佛次郎選）新潮社　一九四〇　103　107

◆北畠八穂　著書／短篇・随想／関連書等（各年代順）

◇著書

- 『ジローブーチン日記』　新潮社　一九四八（『銀河』一九四七・一〜一二）　174
- 『マコチン』　同和春秋社　一九五〇（「光の子供」一九四八〜連載）　174
- 『あくたれ童子《わらし》ポコ』　光文社　一九五三　113　133　**167**　174
- 『御伽草子』（訳編）　ポプラ社〈古典文学全集 13〉一九六五　174
- 『東宮妃』　文治堂書店　一九六六（『現代の女流文学2』毎日新聞社　一九七四）　169
- 『耳のそこのさかな』　ポプラ社　一九六八　**174**
- 『鬼を飼うゴロ』　実業之日本社　一九七一　175
- 『透きとおった人々』　東京新聞出版局　一九八〇　86　**175**
  - 「中原中也さん」　176
  - 「堀　辰雄さん」　86
  - 「神西清さん」　**191**
  - 「大佛次郎さん」　98　195
  - 「川端康成さん」　86　182
- 『津軽野の雪』　朝日新聞社　一九八二　186
  - 「津軽の婆さま」〈貧乏をなつかしむ老夫婦〉　186

◇短篇・随想

- 「津軽林檎」（『改造』懸賞応募作）　一九二七　76　92　97　141

「自在人」『新潮』一九四五・一二　113　133　146　**166**

「アカシア族と眞子」『女性改造』一九四六・一一　167

「しんじゆ」『新潮』一九四六・九　**169**

「十二歳の半年」『銀河』一九四六・一〇　174

「津軽の冬ぐらし」『暮しの手帖』一世紀二号　一九四九　172

「カリエスと「津軽の野づら」」『出版ニュース』〈私の処女作と自信作〉一九五三・四下　113　130　**140**　154

「津軽ことば」『暮しの手帖』一世紀二十七号　一九五四　**172**

「探してもこの世にない落丁」「日本読書新聞」一九五五・一〇・一〇　**72**

「千年生きた目一つ」初出不詳『昭和児童文学全集18』東西文明社　一九五八　174

「右足のスキー」『新潮』一九六二・五（『東宮妃』収）　**122**　**146**　159　176　**184**　205

〈鎌倉文士交遊録〉青森大学出版局『青森ＮＯＷ』連載　176

「林房雄さん」『青森ＮＯＷ』18号　一九七五　195　206

「小林英雄《ママ》さん」『青森ＮＯＷ』31号　同　一九八〇　86　198

「大岡昇平さん」『青森ＮＯＷ』34号　同　108

「草野心平さん」『青森ＮＯＷ』37号　同　172

「病気」『津軽野の雪』収　75

「新しく思うこと」『津軽野の雪』収　197

◇関連書等

北畠道之「さようならアクタレわらし」『歴程』〈北畠八穂追悼号〉一九八二・七　**132**　181　186

白柳美彦「川崎の空」『歴程』〈北畠八穂追悼号〉一九八二・七

白柳美彦「北畠八穂、その死、人と文学」北畠八穂『津軽野の雪』収　89
相馬正一「北畠八穂の人と文学」『国文学　解釈と鑑賞』一九八三・一一
小島千加子『作家の風景』（北畠八穂）毎日新聞社　一九九〇　84　143　149　174　176　197
金丸とく子『真珠の人　小説北畠八穂』北の街社　一九九六　**130**
野乃宮紀子「北畠八穂」『国文学　解釈と鑑賞』一九九六・四
佐藤幸子『北畠八穂の物語』北の街社　二〇〇五　**130**　**177**　181
『国文学　解釈と鑑賞』特集「壺井栄・北畠八穂」一九九七・一〇

◆その他（著者名　五〇音順）

石川淳「細香女史」『文學界』一九五二・二（『夷斎遊戯』筑摩書房　一九六三）　215
石川光男「『あくたれ童子ポコ』解説」講談社文庫　一九七六　168
泉鏡花「遠野の奇聞」『新小説』一九一〇・九―一一（『柳田国男』河出書房新社　二〇一四）　152　156
一戸直蔵・長谷川如是閑・河東碧梧桐『日本アルプス縦断記』大鐙閣　一九一七　81　213
井上靖「深田久弥氏と私」深田久弥『ヒマラヤの高峰』月報3　白水社　一九七三（『井上靖全集　24』収　新潮社　一九九七）　212
井上靖『猟銃』（一九四九）『闘牛』（一九五〇）『氷壁』（一九五七）　212
臼井吉見「『昭和小説集（二）』解説」　→深田「関連」　154
エルゾーグ『アンナプルナ』（一九五〇）　63

大岡昇平『俘虜記』 創元社 一九四八 **49**

大佛次郎「新日本少年少女文庫 第13篇 解説」 →深田「関連」（勝尾『山へ登ろう。いろんな山へ』収） 103 107

大佛次郎『天皇の世紀』 朝日新聞 一九六七―一九七三連載 194

織田作之助「可能性の文学」『改造』一九四六・一二 **36**

門玲子『江馬細香 化政期の女流詩人』 卯辰山文庫 一九七九 28

河上徹太郎「『贋修道院』解説」 新潮文庫 一九三九 200

川端康成『浅草紅団』 朝日新聞 一九二九・一二―一九三〇・二連載 87

川端康成「温泉宿」『改造』一九二九・一〇 86

川村二郎「『現代の女流文学2』解説」 毎日新聞社 一九七四 169

上林暁「『あすならう・オロッコの娘』解説」 筑摩書房 一九五四 57 **140** 150

上林暁『白い屋形船』 一九六四 207

上林暁「山に死す」『新潮』一九七一・一一 87 **142** 160

久坂葉子「ドミノのお告げ」（一九五〇）「幾度目かの最期」（一九五二） 72

蔵原伸二郎「岩魚」 一九六四 207

小林秀雄「カヤの平」『山』一九三四・一〇（『栗の樹』収 毎日新聞社 一九七四） 101

小林秀雄「草津行 スキー・カーニバル記」 東京新聞 一九三七・二（『小林秀雄全集 五』新潮社） 101

小林秀雄「栗の樹」 朝日新聞 一九五四・一一・一七（『栗の樹』収） 199

小林秀雄「故郷を失った文学」『文藝春秋』一九三三・八（『昭和文学全集 13』角川書店 一九五三） 198

小林秀雄「様々なる意匠」（『改造』第二回懸賞二等） 一九二九 77

小林秀雄「中原中也の思ひ出」『文藝』一九四九・八（『昭和文学全集 9』小学館） 157

小林秀雄「深田久彌の人と芸術」『作品』一九三〇・一一 90 151

小林秀雄「深田久彌君の「津軽の野づら」を読む」朝日新聞　一九三五・一二・一一　136 151
小林秀雄「読売文学賞 推薦の辞」読売新聞　一九六五・二・二　207
小松伸六「『親友』解説」角川文庫　一九五五　115
小松伸六「『贋修道院』解説」角川文庫　一九五六　183
佐藤春夫訳「ぽるとがる文」『改造』一九二九・四
（島田謹二「佐藤春夫訳『ぽるとがる文』」『比較文学読本』研究社　一九七三・一）　135
ジード『女の学校』（一九二九）『ロベール』（一九三〇）　160 163
ジード『贋金つくり』（一九二五）『贋金つくりの日記』（一九二六）『法王庁の抜け穴』（一九一四）　48 179
志賀直哉『和解』『城之崎にて』（一九一七）『小僧の神様』（一九二〇）『暗夜行路』（一九二一）　217
司馬遷『史記列伝』　126
竹之内静雄「戦前の木庭一郎―中村光夫―さん」『先知先哲』新潮社　一九九二　**117**
竹之内静雄「臼井吉見と古田晁」同　155
高田宏「野人 深田久弥」『雪日本 心日本』中央公論社　一九八五　46
高浜虚子（句の引用／「家」）　**124** 201
瀧井孝作『無限抱擁』一九二五　217
太宰治『狂言の神』『東陽』一九三六・一〇（『太宰治全集 一』筑摩書房 一九八九）　35 142
太宰治『斜陽』（一九四七）『人間失格』（一九四八）　35
ツヴァイク『ジョセフ・フーシェ』（一九二九）　48
永井荷風『濹東綺譚』朝日新聞　一九三七・四―六連載　109
永井荷風『断腸亭日乗』（一九一七）～一九五九　194
中島健蔵「『続知と愛』解説」角川文庫　一九五三　115

中島健蔵「『津軽の野づら』解説」新潮文庫　一九四八　155
中村光夫『汽笛一聲』一九六四　207
野間宏『真空地帯』河出書房　一九五二　164
バルザック『あら皮』（一八三一）　48
伴蒿蹊『近世畸人伝』寛政二（一七九〇）　215
林房雄「文芸時評」（『日本百名山』評）朝日新聞　一九六四・一一・二五　**205**
林芙美子『放浪記』改造社　一九三〇　45
広津和郎『松川裁判』（一九五五）『松川事件のうちそと』（一九五九）　194
堀辰雄『風立ちぬ』野田書房　一九三八　51
堀辰雄「聖家族」『改造』一九三〇・一一　86
宮本顕治「『敗北』の文学」（『改造』第二回懸賞一等）一九二九　77
室生犀星『抒情小曲集』（一九一八）『杏っ子』（一九五七）『わが愛する詩人の伝記』（一九五八）
『われはうたえどもやぶれかぶれ』（一九六二）　194
モーラン『タンドル・ストック』（一九二一）　51
保高徳蔵「泥濘」（『改造』第一回懸賞二等）一九二八　76
柳田國男『遠野物語』一九一〇（『遠野物語・山の人生』岩波文庫　一九七六）　152
山室静「『津軽の野づら』解説」角川文庫　一九五四　**153**
横光利一「書評」『文藝春秋』一九二八・一二　150
龍胆寺雄「放浪時代」（『改造』第一回懸賞一等）一九二八　76
渡辺一夫訳　ラブレー『ガルガンチュワとパンタグリュエル物語』全五巻　一九四三〜一九六五　207

『昭和文学アルバム（1）』 新潮社　一九八六　84

『平安人物志』 明和五（一七六八）　215

『民藝』 七七八号「バーナード・リーチの我孫子窯の位置について——三樹荘に集う人々の出会いと絆」日本民藝協会　二〇一七　220

装画

カバー「シャクナゲ、タムシバと富士写ヶ岳」
表紙「富士写ヶ岳」（いずれも深田久弥山の文化館・真栄隆昭氏提供）
カバー裏袖・化粧扉　タンポポとオオイヌノフグリ

〈富士写ケ岳〉深田久弥が小学六年生の時に登った山
〈タンポポとオオイヌノフグリ〉亡くなる前日、韮崎新府城址散策中に手帖に書き留めた句「犬ふぐりたんぽゝの黄と隣りあひ」より

門　玲子（かど・れいこ）
一九三一年、石川県加賀大聖寺生まれ。一九五三年、金沢大学文学部卒業。作家・女性史研究家。
著書に、『江馬細香――化政期の女流詩人』（卯辰山文庫・泉鏡花記念金沢市民文学賞）、『江馬細香詩集「湘夢遺稿」訳注』（汲古書院・大垣市文化連盟優秀活動者賞、頼山陽記念文化賞）、『江戸女流文学の発見――光ある身こそ苦しき思ひなれ』（藤原書店・毎日出版文化賞）、『わが真葛物語――江戸の女流思索者探訪』（藤原書店）、『江馬細香――化政期の女流詩人』（新装版、藤原書店）、『幕末の女医、松岡小鶴――柳田国男の祖母の生涯とその作品』（藤原書店）がある。論文に「江戸女流文学史の試み」〔『女と男の時空――日本女性史再考』（藤原書店）収録〕がある。

玉まつり
深田久弥『日本百名山』と『津軽の野づら』と

二〇二〇年五月二十四日　第一刷発行

著　者　門　玲子
発行者　田尻　勉
発行所　幻戯書房
郵便番号一〇一 - 〇〇五二
東京都千代田区神田小川町三 - 十二
電　話　〇三 - 五二八三 - 三九三四
FAX　〇三 - 五二八三 - 三九三五
URL　http://www.genki-shobou.co.jp/

印刷・製本　中央精版印刷

ISBN978-4-86488-198-2 C0095